Hermann Gutmann

Bremerhavener Geschichte(n)

oder:

Erzähl' mal ein bißchen von früher!

Hermann Gutmann

Bremerhavener Geschichte(n)

oder:
Erzähl' mal ein bißchen
von früher!

Luisental-Verlag

Marie Louise Gutmann, Luisental 21, 28359 Bremen

Umschlaggestaltung: Henry Dieckmann, Bremen
Gesamtherstellung: BerlinDruck GmbH, Achim
4. Auflage 1999

Inhalt

Erzähl' doch mal von früher!

Vor einiger Zeit traf ich in der Oberen Bürger meinen alten Freund Wilfried Meyer. Er machte seinen üblichen Spaziergang durch die Geschäfte. Er macht den jeden Tag, so daß ihn einige Leute schon für einen Kaufhausdetektiv halten. Ich war auf dem Wege ins Bremerhavener Studio von Radio Bremen.

Wir tauschten ein paar allgemeine Informationen aus. „Ich hab' Addy Masch lange nicht mehr gesehen", sagte ich. „Und was ist mit Horst Nischan – den hab' ich zuletzt in Bremervörde getroffen."

Wilfried Meyer erzählte. Er ist ein wandelndes Lexikon. Der weiß alles. Ich habe ihn mal gefragt, was er denn eigentlich nicht weiß. Da hat er ganz lange überlegt, und dann hat er gesagt: „Das weiß ich nicht."

Also, wir schnackten, und plötzlich meinte Wilfried Meyer: „Weißt du, wenn du so deine Geschichten erzählst – die besten sind eigentlich die von früher. Erzähl' doch mal von früher!"

Das hat mir zu denken gegeben. Ich bin zu Hause angefangen, in den Geschichten von früher zu kramen. Ich habe ein paar zusammengesucht. Es sind Geschichten aus der Zeit, da es bei Radio Bremen im 3. Programm noch das Bremerhavener Dreierlei gab. Jeden Freitag.

Einige dieser Geschichten habe ich geändert, dort etwas hinzugesetzt, an anderer Stelle etwas gestrichen. Ich habe auch die eine oder andere Geschichte neu geschrieben. So ist dann am Ende eine Sammlung von Geschichten entstanden. Es sind sehr persönliche Geschichten, von denen viele aber auch ein bißchen Geschichte in sich bergen, Bremerhavener Geschichte.

Verstehen Sie mich recht: Ich bin nicht Teil der Bremerhavener Geschichte. Und ich will auch keine Bremerhavener Geschichte schreiben. Das haben andere besser gekonnt.

Meine Geschichten sind nur Erlebnisse, die der eine oder andere in dieser oder ähnlicher Form auch gehabt hat und die in eine Zeit fallen, die zwar sehr trübe, aber jedenfalls nicht uninteressant war.

Im Freigebiet

Heinrich Wieking, der 1. Maschinist auf einem Fischdampfer gewesen war, genoß gegen Ende der dreißiger Jahre seinen wohlverdienten Feierabend auf dem Sofa in der Küche seiner Wohnung in der Poststraße in Lehe.

Meistens schwieg er dabei vor sich hin.

Das hing aber damit zusammen, daß er mit Anna Wieking verheiratet war, die sich als junge Frau und in erster Ehe einige Jahre in Deutsch-Südwest-Afrika aufgehalten hatte, wo ihr Mann Stationsvorsteher eines kleinen Bahnhofs gewesen war. Anna Wiekings Lieblingsbeschäftigung war es, ihrem Heinrich die Folgen einer verfehlten internationalen Politik in Deutsch-Südwest zu erläutern. Sie meinte, man hätte den Deutschen das Land ruhig lassen sollen, weil die Schwarzen ohne die Deutschen überhaupt nicht zurechtkämen. Insbesondere vermißten sie wohl Anna Wieking, die ihnen nämlich gesagt hatte, wo es lang ging, so wie sie es jetzt ihrem Heinrich sagte.

Wenn aber Heinrich einmal zu Worte kam – immer wenn Anna einkaufen war –, dann erzählte er aus seiner Jugendzeit in Bremerhaven. Dabei kam in seinen Erzählungen immer wieder das Freigebiet vor.

Dieses Freigebiet erstreckte sich vom Siegesplatz, der in dem Dreieck Lloyd- und Deichstraße lag, bis zum Bahnübergang. Es war bis 1888 zollfreies Gebiet. Das änderte sich, nachdem sich Bremen dem deutschen Zollgebiet angeschlossen hatte.

Das Freigebiet wurde markiert durch zwei Zollhäuser. Eines stand in Höhe Geesthelle, das andere beim Bahnübergang. Dank dieser Zollhäuschen blühte zwischen den heutigen Stadtteilen Bremerhaven-Lehe und Bremerhaven-Mitte der Schmuggel. Denn im damaligen Bremerhaven, das heute Mitte heißt, war wegen der Zollfreiheit alles ein bißchen billiger als im preußischen Lehe.

Heinrich Wieking erzählte, daß er während seiner Schulzeit häufig Klassenfahrten ins benachbarte ausländische Lehe unternommen habe. Diese Fahrten fanden erstens aus Gründen der Heimatkunde statt, zweitens aber auch, weil Lehrer wie Schüler ein wirtschaftliches Interesse daran hatten. Sie ließen sich ihre Botanisiertrommeln, deren Inhalt von den Zöllnern traditionsgemäß nicht kontrolliert wurde, mit Bohnenkaffee füllen, den sie dann jenseits der Grenze, in Lehe, gewinnbringend verkauften.

Gelegentlich diente das Freigebiet auch als Kriegsschauplatz. Vor allem nach Weihnachten, wenn die ausrangierten Tannenbäume zu handfesten Knüppeln verarbeitet worden waren, gingen die Bremerhavener Jungs und die Leher Butjer im Freigebiet aufeinander los.

Einmal hat dabei einer von den Jungs aus Bremerhaven einen Finger verloren. Heinrich Wieking wußte auch nicht, wie das hatte passieren können. Vielleicht, überlegte er, hatte den einer von den Lehern abgebissen. Aber als der unglückliche Verlierer nun in dem Schlachtgetümmel stand und schrie, daß sein Finger weg sei, da trat auf der Stelle ein Waffenstillstand ein, und alle gemeinsam haben nach dem Finger gesucht. Sie haben ihn aber nicht wiedergefunden.

Das Freigebiet mit dem Bahnübergang war auch ein beliebtes Ziel friedlich gestimmter Kinder. Sie warteten auf die Züge mit den Reisenden, die zum Hafen fuhren und dort auf ein Schiff umsteigen wollten. Denen wurde fröhlich zugewunken.

Manchmal blühte an dieser Grenze mitten in der Stadt auch der Schwachsinn. Einmal brach am Bahnübergang – und zwar auf Leher Gebiet – ein Großfeuer aus, das in Bremerhaven zuerst wahrgenommen wurde. Die Bremerhavener Feuerwehr, die nach dem New Yorker Vorbild organisiert worden war und als eine der modernsten Wehren in Deutschland galt, war innerhalb von Minuten zur Stelle. Sie mußte aber am Bahnübergang, nur wenige Meter von der Brandstelle entfernt, anhalten. Sie war für das Feuer nicht zuständig, und der Leher Feuerwehrhauptmann, der den Bremerhavenern ein Eingreifen hätte erlauben können, war noch nicht da.

Als er endlich eintraf, gab es nichts mehr zu löschen.

Ausflug nach Friedrichsruh

Eines der beliebtesten Ausflugsziele der Bremerhavener war jahrzehntelang das Waldgebiet Friedrichsruh in Langen. Ich erinnere mich, daß man sich allerdings im Fahrplan der Straßenbahn auskennen mußte, wenn man ohne ärgerlichen Aufenthalt dorthin fahren wollte. Denn die „Rote“, die Linie 2, fuhr normalerweise bis zum Debstedter Weg, im Zwanzig-Minuten-Rhythmus aber nach Friedrichsruh, wo es für uns Kinder einen hochinteressanten Rangierkreisel gab.

Es war übrigens keineswegs selbstverständlich, für den Weg nach Friedrichsruh und wieder zurück die Straßenbahn zu benutzen. Denn Straßenbahnfahren kostete Geld, und Geld war knapp. Die Leute waren es sowieso gewohnt, sich auf ihre Füße zu verlassen.

Meine Mutter erzählte, daß sie als Kind die Straßenbahn fast nur von außen zu sehen bekommen habe. Das muß, meinte sie, vor 1914 gewesen sein. Wenn es da sonntags nach dem Mittagessen hieß: „So, heute geht's nach Friedrichsruh!“, dann war für sie das Vorhandensein der Straßenbahn keine Frage der Personenbeförderung, sondern des Schokoladengenusses.

Hin nach Friedrichsruh ging es ohnehin stets zu Fuß. Meine Mutter war schon ein erwachsener Mensch, als ihr bewußt wurde, daß es nicht nur eine Straßenbahnverbindung von Friedrichsruh in die Stadt gab, sondern auch von der Stadt nach Friedrichsruh.

Sobald nun die Familie Friedrichsruh erreicht hatte, stimmte mein Großvater das Lied an: „Wer hat dich, du schöner Wald, aufgebaut ...“. Leider kann ich den Text nicht weiter zitieren. Ich kenne ihn nicht. Meine Mutter wußte ihn auch nicht mehr, und ich habe in allen möglichen Liederbüchern vergeblich nach ihm gesucht. Meine Mutter meinte aber, die Frage nach dem Erbauer des Waldes werde in dem Lied wohl dahingehend beantwortet, daß dieses der liebe Gott gewesen sei. Er wird dann auch wohl wissen, warum er den Wald jetzt wieder zerstören läßt.

Höhepunkt eines Besuches in Friedrichsruh war im Sommer des Jahres 1914 eine Flasche Brause, die sich meine Mutter mit ihrem Bruder Herbert teilen durfte. Danach kam der Augenblick, da die beiden Kinder von ihrem Vater gefragt wurden: „Wollt Ihr mit der Bahn nach Hause fahren, oder wollt Ihr lieber zu Fuß gehen?“

Die Frage war insofern von Bedeutung, weil meine Großmutter für den Rückweg die Bahn benutzte. Sie mußte zu Hause das Abendbrot richten. Natürlich wäre sie bereit gewesen, die Kinder mitzunehmen.

Aber es gab für die beiden Kinder eine Alternative. Sie befand sich in einem schmalen

Automaten, der mit einer Krone geschmückt war und Verlockendes enthielt – nämlich ein durch zwei teilbares Schokoladentäfelchen. Man mußte einen Groschen in den Schlitz des Automaten stecken. Der Groschen aber stand nur zur Verfügung, wenn beide Kinder auf die Straßenbahnfahrt verzichteten, die einen Sechser kostete, fünf Pfennig.

Es war aber nicht nur das halbe Schokoladentäfelchen, das den Verzicht auf die Straßenbahnfahrt so leicht machte. Die Tafel war in Silberpapier eingewickelt. Außer ihr befand sich noch ein Bild darin. Meine Mutter erinnerte sich, daß es Pferdebilder waren. Aber so genau wußte sie das auch nicht mehr; denn die Bilder waren stets für ihren Bruder Herbert bestimmt, während sie mehr Interesse für das glänzende Silberpapier hatte, das sie nicht etwa achtlos in die Landschaft warf, sondern glättete und zum Pressen in die Bibel legte.

Ja, meine Lieben, das waren noch Zeiten – jedenfalls in der Erinnerung.

Meine Mutter hat mir aber eines Tages gestanden, daß ihr der lange Fußweg von Friedrichsruh bis in die Kaiser-Wilhelm-Straße, wo sie wohnte, recht lang geworden sei. Sie wäre damals sicherlich mit der Straßenbahn nach Hause gefahren, wenn sie die Schokolade obendrein bekommen hätte. Außerdem wäre es ihr natürlich sehr lieb gewesen, wenn sie das Schokoladentäfelchen nicht hätte zu teilen brauchen.

Auch in der Idylle, vergessen wir das nicht, gibt es schattige Plätzchen.

Das Poesie-Album von Tante Paula

Gedenke nah, gedenke fern,
Gedenke meiner oft und gern,
Gedenke meiner auch am Tage,
als ich noch Deine Schulfreundin war.

Zur freundlichen Erinnerung an Deine Freundin und Mitkonfirmandin Marie Boeck, Geestemünde, Ostern 1913.

Diesen Spruch habe ich in dem Poesie-Album unserer Tante Paula aus der Bismarckstraße in Geestemünde gefunden.

Es ist ein dunkelgrünes Album, in Leder gebunden, mit eingedrucktem Namen und mit einem stilisierten Kreuz darüber.

Es gehörte ja zu Beginn unseres Jahrhunderts – wie auch heute noch – zum guten Ton, daß sich ein Mädchen aus Anlaß seiner Konfirmation ein Poesie-Album zulegte, in das nun alle möglichen Respektspersonen und Freundinnen sinnreiche Verse fürs Leben schreiben mußten.

Es war in diesen Versen viel vom lieben Gott die Rede:

Wenn in des Lebens trüben Stunden
Des Kummers Last dich niederdrückt,
Wenn du kein liebend Herz gefunden,
Dich keines Freundes Rat erquickt,
Dann blick hinauf zum ewgen Licht:
Der liebe Gott verläßt dich nicht.

Dieses schreibt dir deine Freundin Johanne Eisenhardt.

Und immer ist da der erhobene Zeigefinger. Niemals fehlt der Hinweis darauf, nur recht brav im Leben zu sein, nicht auf andere zu schielen, die es besser haben, „ein jeder Stand hat seinen Frieden, ein jeder Stand hat seine Last.“ Immer wieder drückt sich auch der Wunsch der Schreiberin aus, nur nicht vergessen zu werden von der lieben Mitkonfirmandin.

Rosen, Tulpen, Nelken,
diese drei verwelken.
Nur die eine nicht.
Und die heißt: Vergißmeinicht.

Es ist ein Spruch, der ebenso wie „In Sturm und Wetter ist Gott dein Retter“ zum festen Repertoire der Poesie-Alben-Autoren gehört.

Seelsorger fühlten sich zu allen Zeiten bemüßigt, etwas Christliches zu schreiben, wie der Pastor Langelotz aus Geestemünde im Jahre 1913:

Wie hat's die Seele doch so gut,
Die sich dem Herrn ergibt,
Die nichts mehr will und nichts mehr tut,
Als daß sie Jesus liebt.

Die Lehrerin H. Wellmann schrieb kurz und bündig: *Tu Du das Deine – Gott tut das Seine!*

Sehen Sie, das sind alles sehr beherzigenswerte Worte, die den jungen Leuten zu Beginn des zwanzigsten Jahrhunderts mit auf den Weg ins Leben gegeben wurden. Ich glaube mich aber zu erinnern, daß die Verse in den Poesie-Alben der Mädchen meiner Generation nicht viel anders aussahen, obwohl die jungen Leute im Jahre 1913 noch in der scheinbar festgefügten Welt des Deutschen Kaiserreiches lebten. In den Jahren nach 1945, als wir konfirmiert wurden, war des Reiches Herrlichkeit endgültig zerbrochen. Die Werte unseres Lebens waren zweifelhaft geworden. Wenn wir den Mädchen etwas ins Poesie-Album schreiben wollten, dann mußten wir in den Alben unserer Mütter nachschlagen, was dort geschrieben stand. Die Sprüche, die wir kannten, durften auf Anordnung der alliierten Militärbehörden nicht einmal mehr gedacht werden.

Nun waren wir Jungens allerdings sowieso keine begehrten Sprüchelieferanten. Bei uns bestand immer die Gefahr, daß wir Blödsinn schrieben.

Auch Tante Paula wußte ein Lied davon zu singen. Mit „Edel sei der Mensch, hilfreich und gut" hatte sich ihr Bruder Hermann einfach und sehr respektlos vor die Verse des Pastors Langelotz gesetzt, was auch nicht damit entschuldigt werden konnte, daß er sich eines Goethe-Wortes bedient hatte.

Geradezu ungeheuerlich war die Tat von Fritz Keßler, der auf die letzte Seite des Albums geschrieben hatte: „Wer dich lieber hat als ich, der schreibe sich noch hinter mich." Doch darunter, ganz unten auf der Seite, war in die Ecke gekleckst worden: „Ich! Dein Bruder Hanns."

Zu welchen Ungehörigkeiten Jungens damals sonst noch in der Lage waren, läßt sich leider nicht mehr feststellen. Tante Paula hat alle von den Jungens beschrifteten Seiten, mit Ausnahme eben dieser letzten, die nicht abzulösen war, sorgfältig aus ihrem Poesie-Album herausgeschnitten.

Wer es aber genau wissen will, der braucht nur in ein Poesie-Album der Konfirmandinnen von heute zu gucken. Die Sprüche, man sollte es nicht glauben, sind unverändert. Den Jungens der neunziger Jahre unseres Jahrhunderts fällt auch nichts anderes ein, als bei ihren Urgroßeltern abzugucken.

Hat ja auch etwas Beruhigendes.

Im Kindergarten

Einmal, das muß 1935 gewesen sein, fragten mich Lieselotte und Klara von Borstel, ob ich Lust hätte, mit in den Kindergarten zu gehen.

Das war ein schrecklich aufregendes Angebot; denn ich war nie zuvor in meinem Leben in einem Kindergarten gewesen. Ob da ein Garten sei, wollte ich wissen, mit Stachelbeeren und Johannisbeeren und Raupen am Kohl.

„Wenn da Raupen sind“, sagte ich, „gehe ich nicht mit!“ Marga Kummerow hatte mir erzählt, Raupen seien in Wirklichkeit Graupen. Seitdem hatte ich einen Widerwillen gegen Raupen und aß keine Graupensuppe mehr. Aber Lieselotte und Klara sagten, mit Graupensuppe habe der Kindergarten nichts zu tun. Auch nicht mit Stachelbeeren. Ich sollte man mitgehen, sagten sie. Sie nahmen mich in die Mitte und zogen mit mir los. In der Aufregung vergaß ich, zu Hause Bescheid zu sagen.

Im Kindergarten waren eine Menge Kinder, die ich gar nicht kannte. Sie spielten „Häslein in der Grube“.

Häslein in der Grube
saß und schlief.
Liebes Häslein, bist du krank,
daß du nicht mehr hüpfen kannst.
Häslein hüpf, Häslein hüpf, Häääslein hüpf.

Die Kindergartentante, die ich nur noch sehr

verschwommen in Erinnerung habe, weil ich ja auch aufpassen mußte, daß ich Lieselotte und Klara von Borstel in dem Gedränge nicht verlor, rief, nun wollten wir alle die Meyersche Brücke spielen. Wir sollten uns hintereinander aufstellen. Zwei Mädchen faßten einander an die Hände und bildeten ein Tor. Dort mußten wir hindurch. Dabei sangen wir:

Die Meyersche Brücke, die Meyersche Brücke,
die ist so sehr zerbrochen.
Wer hat sie zerbrochen, wer hat sie zerbrochen?
Ein Mann mit seiner Tochter.
Die erste nicht, die zweite nicht,
die dritte woll'n wir fangen
mit Spießen und mit Stangen.
Eins – zwei – drei.

Was sage ich Ihnen, bei drei senkten die beiden Mädchen ihre Arme. Aus dem Tor wurde ein Pferch. Und wer saß darin? Ich.

Gefangen – mit Spießen und mit Stangen. Ich konnte mir darunter gar nichts vorstellen, meinte aber, daß es etwas Fürchterliches sein müsse und fing an zu protestieren und den Mitspielern zu erklären, daß ich gar keine Tochter sein könne. Ich sei doch ein Junge.

Aber es nützte alles nichts. Ich war gefangen und mußte ausscheiden.

Bei der schwarzen Köchin erging es mir nicht anders.

Ist die schwarze Köchin da?
Ja, ja, ja!

Dreimal muß man rummarschier'n,
zum viertenmal den Kopf verlier'n,
zum fünftenmal komm' mit – Frau Schmidt.

Da war ich nun Frau Schmidt, und die Sache war mir so peinlich, daß ich nach Hause wollte. Als ich diese Geschichte meiner Frau erzählte, meinte sie, das heiße doch in dem Lied nicht „zum viertenmal den Kopf verlier'n", sondern „den Topf verlier'n". Eine Köchin, sagte sie, verliere doch ihren Topf, nicht den Kopf. „Hast du etwa immer Kopf gesungen? Junge, Junge, Junge!" Im übrigen fragte mich meine Frau, was eigentlich schwarze Köchin bedeute. Wer ist damit gemeint? fragte sie, und ich kriege nun nach all den Jahrzehnten noch ein schlechtes Gewissen, weil ich möglicherweise im Jahre 1935 ein rassistisches Lied gesungen habe, ohne mir irgendwelche Gedanken darüber zu machen.

Ich habe es aber wirklich nur ein einziges Mal gesungen. Denn als ich von meinem Kindergartenbesuch nach Hause kam, stand meine Mutter ganz aufgeregt an der Tür und fragte: „Wo warst du?" Und weil sie gerade einen Holzlöffel in der Hand hielt, mit dem sie eine Fliederbeersuppe umgerührt hatte, bekam ich auf sehr schmerzhafte Weise die vielseitige Verwendbarkeit damaliger Küchenwerkzeuge zu spüren, was heute kaum noch möglich wäre.

Die Dritte woll'n wir fangen
mit Spießen und mit Stangen.

Da wußte ich, während ich laut zu schreien begann, was mit den Stangen gemeint gewesen war. Kochlöffel!

Wo kommen die kleinen Kinder her?

Wo kommen die kleinen Kinder her?

Diese Frage ist heutzutage gar nicht mehr zulässig, weil es gar keine Frage ist; denn die Kinder, die sich unter Umständen mit diesem Problem beschäftigen könnten, wachsen mit der Realität auf, und selbst Dreijährige können sich ein wissendes Lächeln nicht verkneifen, wenn ein geistig total zurückgebliebener Erwachsener in ihrer Gegenwart vom Klapperstorch spricht.

Eher müßte schon die Frage geklärt werden, was ein Klapperstorch ist.

Das war früher alles ganz anders. Da wurden die kleinen Kinder selbstverständlich vom Klapperstorch gebracht. Er holte sie aus der mit Wasser gefüllten Kinderkuhle, zu der eben nur der Storch mit seinen langen Beinen und seinem langen Schnabel Zugang hatte.

Zu Beginn des 20. Jahrhunderts lag diese Kinderkuhle an der alten Kaiser-Wilhelm-Straße im Bremerhavener Stadtteil Lehe. Die Straße heißt heute Hinrich-Schmalfeldt-Straße. Wo die Kinderkuhle war, steht seit 1915/16 ein staatliches Gebäude, in dem neben der Post und der Sparkasse, die darin noch heute sind, zunächst auch das Standesamt untergebracht war – sinnigerweise, aber sicherlich ganz unabsichtlich.

In unmittelbarer Nachbarschaft der Kinderkuhle befanden sich eine Windmühle, die eine Graupenmühle war, und ein hölzerner Wasserturm. Beide standen sie in keinem schlüssigen Zusammenhang mit der Produktion von Kindern. Aber alles zusammen ergab das Bild einer ländlichen Idylle, zu dem die Vorstellung von dem Klapperstorch, der die Kinder bringt, sehr gut paßte.

Während meiner Kinderzeit war die Kinderkuhle schon verschwunden. Störche gab es allerdings noch genug. Man brauchte damals nur Zucker auf die Fensterbank zu legen, schon holte ihn sich über Nacht der Storch, und es dauerte dann meistens nicht lange, bis man einen Bruder oder eine Schwester bekam. Ich habe das ausprobiert – es funktionierte.

Wir wohnten damals in der Kaiser-Wilhelm-Straße. Aber dann zogen wir um. Danach wurde die Sache mit dem Klapperstorch für mich noch bequemer. Denn da waren es von unserer Wohnung nur ein paar Schritte bis zum Kalkofen an der Batteriestraße. Auf dem Kalkofen war ein Storchennest. Es ist ganz natürlich, daß ich diesen direkten Draht geschickt nutzte und jedesmal, wenn mich der Weg an dem Storchennest vorbeiführte, lauthals rief: „Klapperstorch bester, bring' mir eine Schwester!"

Ich hätte auch rufen können: „Klapperstorch guter, bring' mir einen Bruder!" Aber den hatte er mir schon gebracht.

Nun müssen Sie sich aber meine Enttäuschung vorstellen: Obwohl ich doch diese ganz persönliche Beziehung zu dem Kinderlieferanten oben auf dem Kalkofen hatte, ignorierte er meine Wünsche – jedenfalls vorerst und solange ich noch an ihn glaubte.

Im Laufe der Zeit kamen mir nämlich Zweifel, ob der Storch tatsächlich für die kleinen Kinder zuständig war, zumal mir Wolfgang Wehrmeyer erzählt hatte, er habe mal im Ziegeleiteich, hinten an der Rickmersstraße, nachgesehen, ob da wirklich Kinder drin seien, wie die Erwachsenen behaupteten. Er habe keine gefunden.

Das machte uns stutzig. Aber die Zweifel brachten es letztlich nur mit sich, daß wir unsere Sicherheit im Umgang mit ganz kleinen Kindern verloren und – nun überhaupt nichts mehr über ihre Herkunft wußten. Schließlich stand ja auch die Frage im Raum, welchem Umstande wir selbst unsere Existenz verdankten.

Wolfgang Wehrmeyer allerdings sagte, ihm sei das eigentlich ganz egal. Hauptsache, er sei da.

An dieser Lebenseinstellung hält er, wenn ich richtig informiert bin, bis heute fest, wenngleich er – wir haben uns seit mehreren Jahrzehnten nicht gesehen – inzwischen auch für sich wohl die Frage geklärt hat, wo die kleinen Kinder herkommen.

Großmutter-Geschichten

Meine Großmutter erzählte von einer Frau, die hatte das Zweite Gesicht. Die sah einen Sarg und wußte sofort, daß jemand in der Nachbarschaft sterben werde. Manchmal war der Sarg offen. Sie sah, wer darin lag, und häufig war es einer, der noch ahnungslos und sehr vergnügt lebte.

In den Geschichten meiner Großmutter wimmelte es von allerlei unerklärlichen Dingen – zum Beispiel, sagte sie, werde ein Traum wahr, wenn man ihn dreimal hintereinander träume. Rote Äpfel im Traume zu sehen, das bedeute Streit, und wer vor der Hochzeit viele Äpfel an einem Baum hängen sehe, der bekomme eine große Verwandtschaft. Sie habe vor ihrer Hochzeit viele und sehr rote Äpfel an einem Baum hängen sehen, und so sei es denn ja auch gekommen.

Es gab Geschichten, die zu besonderen Anlässen erzählt wurden. Wenn wir mit dem Stuhl wibbelten, dann wurde uns von dem kleinen Hohernzollern-Prinzen erzählt, der von dieser Unart auch nicht gelassen hatte, obwohl er immer wieder ermahnt worden war, sogar von Kaiser Wilhelm, seinem Großvater. Eines Tages sei der kleine Prinz mit dem Stuhl umgefallen und auf der Stelle tot gewesen.

Gelegentlich wurde es politisch. Dann schlug meine Großmutter die Bibel auf. Es war das einzige Buch, das sie besaß. Es sei ja auch, so versicherte sie mir, das einzig lesenswerte Buch. Sie schlug Hiob auf und las: „Den Häuptern des Landes nimmt er den Verstand und läßt sie irren in pfadloser Öde, daß sie tappen in Finsternis ohne Licht und daß sie wie Trunkene taumeln."

„Ein so altes Buch", sagte sie. Man könne meinen, es sei gestern geschrieben worden, wenn man sich die Kerle in Berlin angucke. Und sie las: „Er hebt die Völker empor und verderbt sie dann." Sie sagte: „Warte ab, Junge, was mit Deutschland geschehen wird." Die Bibel jedenfalls wisse Bescheid. Onkel Emil aus Kiel habe auch geschrieben, daß dort das in der Offenbarung des Johannes vorausgesagte Feuer vom Himmel falle – in Form von Brandbomben. Die ganze Stadt sei ein Trümmerhaufen. Aber ihr Elternhaus in Dietrichsdorf sei stehengeblieben, und auch die Straße sei noch unversehrt. „Weißt du", sagte sie, „da ist mein Vater jeden Tag mit seinem Schwein spazierengegangen. Er nannte es Puttchen. Die ganze Stadt kannte es."

Meine Großmutter klappte die Bibel zu. Sie erzählte von Puttchen und wie klug das Schwein gewesen sei. Einmal habe sich Puttchen geweigert, nett zu einem Herrn zu sein, den ihr Vater aus irgendwelchen Gründen mit nach Hause gebracht hatte. Es habe sich dann sehr bald herausgestellt, daß der Herr ein Betrüger war.

Meine Großmutter schälte, wenn sie ihre Geschichten erzählte, zwischendurch einen Apfel, den sie in gleichmäßige Viertel schnitt und verteilte. Früher, sagte sie, habe es Äpfel zu Weihnachten gegeben. Äpfel seien etwas Besonderes gewesen. Heutzutage lebe man doch geradezu im Überfluß, da man sich fast jeden Tag einen Apfel leisten könne, obwohl Krieg sei.

Dann mußte sie noch rasch die Geschichte erzählen, die sich in ihrer Jugend zugetragen hatte. Da habe es einen Mann gegeben, nachdem der sich abends ins Bett gelegt hatte, hörte er aus der Wand heraus ein geheimnisvolles Klopfen. Zunächst sei es von der Seite gekommen. Dann habe es sich – im Laufe der nächsten Tage und Wochen – mehr und mehr seinem Kopf genähert. Daraufhin habe der Mann sein Bett umgestellt. Aber das Klopfen sei mitgezogen. Als es sein Kopfende erreicht hatte, etwa sechs Wochen seien darüber ins Land gegangen, da sei der Mann gestorben.

Wenn ich dann ins Bett geschickt wurde und allein über den dunklen Flur mußte, hatte ich es sehr eilig. Ich erreichte mit knapper Not mein Bett, ehe mich die Gespenster packen konnten, die überall lauerten. Ich zog mir die Decke über den Kopf, so daß ich mich halbwegs sicher fühlte vor den Gefahren der Nacht und vor allem das Klopfen am Kopfende nicht hören konnte.

Fernsehabende gab es damals noch nicht. Aber die brauchten wir auch nicht. Wir hatten unsere Großmutter.

Zwerg Nase

Spielte da nicht ein Maikäfer mit, der Herr Sumsemann hieß? Und waren es nicht Sternchen – Sternchen, Sternchen, kommt herbei! – die helfend herbeieilten, wenn sich die Kinder in Not befanden?

Bruchstücke nur sind mir in Erinnerung geblieben an Peterchens Mondfahrt im Stadttheater, lange vor dem Zweiten Weltkrieg.

Aber heute noch sind mir die Gespräche gegenwärtig, die wir Jungens geführt haben über die Frage, wie Peterchens Flug zum Mond technisch gelöst worden war vom Bühnenpersonal; denn tatsächlich flog er ja durch die Luft.

Wolfgang Wehrmeyer sagte, das sei ganz einfach. Der hinge an einem Tau und werde hochgezogen. Man könne das Tau aber mit bloßem Auge nicht so leicht erkennen.

Ich glaubte das nicht, und ich hätte es selbst dann nicht geglaubt, wenn ich das Tau hätte sehen können. Für mich flog Peterchen tatsächlich zum Mond.

Denn bei mir vermischten sich Märchen und Wirklichkeit immerzu bunt durcheinander. Auf diese Weise führte ich als Kind ein sehr aufregendes Leben.

Einmal sprach mich auf der Straße eine alte Dame an. Sie bat mich, ihre Tasche mit Gemüse nach Hause zu tragen. Da seien, sagte sie, auch zwei Pfund Kartoffeln drin, und die Tasche werde ihr sehr schwer. „Ich wohne in der Auestraße“, sagte sie. „Das ist ja nicht weit von hier.“

Nun hatte ich gerade das Märchen Zwerg Nase gelesen, der ja durch eine Unvorsichtigkeit, nämlich indem er einer älteren Frau gefällig gewesen war, seine große Nase bekommen hatte und den kurzen Wuchs. Danach hatte selbst seine Mutter sich vor ihm gefürchtet.

Ich mußte an Zwerg Nase denken und bekam einen Schreck. Doch was sollte ich tun. Ich hätte zu der alten Frau sagen können: „Nein, ich trage Ihnen die Tasche nicht nach Hause; denn ich darf nicht mit fremden Leuten gehen.“ Aber das mochte ich aus irgendwelchen Gründen nicht sagen, wie es heute noch viele Dinge gibt, die ich nicht sagen mag.

So trug ich also der alten Dame die Tasche mit dem Gemüse nach Hause. Sie fragte mich unterwegs nach diesem und jenem, was mir alles sehr verdächtig war, zumal sie auch meinen Namen wissen wollte, und als wir ihr Haus erreicht hatten, sagte sie: „Komm’ man noch mal eben mit rauf!“

Mir wurde ganz heiß. Im Treppenhaus sah ich gleich, daß da lauter verzauberte Menschen waren – verwandelt in einen röhrenden Hirschen, der aus einem Wald heraustrat, und in Rehe, Hasen und in einen Raben, der traurig auf mich herabblickte, als wolle er mich warnen.

Solche Wandgemälde sah man früher häufig in Treppenhäusern. Ich hatte sie auch schon sehr oft gesehen. Doch dieses Bild bekam für mich eine schreckliche Bedeutung. Dann öffnete die alte Dame oben im zweiten Stock ihre Wohnungstür, und ich wollte die Tasche ganz schnell abstellen und davonlaufen. Da rief mir die Frau zu: „Warte noch eben!"

Ich dachte: Jetzt wird sie dir ein Kräutersüppchen anbieten. Ich sah mich im Geiste schon zusammenschrumpfen und eine lange Nase bekommen. Da drückte sie mir einen Groschen in die Hand, nickte mir freundlich zu und entließ mich.

Ich rannte die Treppen hinunter wie verrückt, erreichte die Straße und spürte plötzlich, wie der Groschen in meiner Hand anfing zu brennen. Er brannte wie Feuer; denn es war natürlich ein verzauberter Groschen, der mich verwandeln sollte in einen Zwerg Nase. Einer Hexe war es einerlei, ob sie mit einem Kräutersüpplein zauberte oder mit einem Groschen. Ich faßte meine Nase an und meinte, daß sie schon größer geworden war.

Dann aber habe ich mir für den Groschen ganz schnell Babbeler gekauft – in dem Laden bei der Aue. Am nächsten Tag bin ich vorsichtig an dem Laden vorbeigegangen und habe hineingeguckt, ob der Ladeninhaber noch da war und sich seine Nase verändert hatte. Er sah aus wie jeden Tag.

Damit ist mein Märchen aus, und ich geh' nach Haus.

Klohn

Als Kind muß man immerzu Proben seiner Intelligenz ablegen.

Wo ist denn die Mami? Mach mal „Backe, backe Kuchen . . . !“ Wie groß isser denn?

Irgendwann verblüffte ich meine Verwandtschaft damit, daß ich Teile des Struwwelpeter nahezu auswendig hersagen konnte: „Paulinchen war allein zu Haus, die Eltern waren beide aus . . .“.

Es versteht sich, daß mein Repertoire von Jahr zu Jahr anspruchsvoller wurde. Ich kann mich noch erinnern, da war ich wohl so drei Jahre alt, daß Marga Kummerow mich aufforderte: „Mach mal Charly Chaplin vor!“

Das konnte ich nämlich. Ich holte mir meinen kleinen Spazierstock. Den wirbelte ich durch die Luft, während ich mit weit nach außen gestellten Füßen durch die Stube ging, wie es mir Margas Mutter beigebracht hatte. Marga wollte sich kaputtlachen.

Sie meinte, ich müßte später unbedingt ein „Klohn“ werden. Das könnte ich gut. Sie freue sich schon darauf; denn dann werde sie immer kommen und zugucken und ganz laut lachen. Ich fand, „Klohn“ sei ein schöner Beruf, weil man Marga damit zum Lachen bringen konnte.

Aber unter Charly Chaplin konnte ich mir dennoch nichts Rechtes vorstellen. „Ist das so einer wie Heini Grimm?“ fragte ich. Aber da schüttelten sie alle ganz entsetzt den Kopf. Heini Grimm, sagten sie, sei im Gegensatz zu Charly Chaplin ein Mann mit einem anständigen Beruf. Heini Grimm sei Soldat. Er schlug die Pauke in der Militärkapelle. Charly Chaplin sei bloß ein „Klohn“. Ich solle den Namen man lieber gar nicht sagen. Das sei nicht gut. Das Wort „Klohn“ aber sei englisch, und wir seien Deutsche. In Deutschland gäbe es keine „Klohns“ mehr, seitdem Adolf Hitler da sei, sondern nur noch Dumme Auguste.

Dummer August wollte ich allerdings nicht werden. Ich kannte einen Herrn, der hieß August. Ob er dumm war, das weiß ich nicht. Aber er hatte eine Glatze. Dummheit hätte man noch ertragen können, die sah keiner. Aber eine Glatze!

Weil ich nun aber ganz gern einen lustigen Beruf ergreifen wollte, beschloß ich, ein Kaspertheater zu eröffnen. Ich besaß ein paar Kasperfiguren. Mit denen spielte ich auf dem Spielhof – das war eine kleine Grünanlage, umgeben von einem Häuserblock. In der Anlage befanden sich eine Sandkiste und ein Rundlauf. Mein Publikum bestand aus Gisela Borchers. Die konnte so herzlich lachen über meine Theaterstücke.

Ich fand, daß es sehr viel angenehmer war, Direktor eines Kaspertheaters zu sein mit Gisela Borchers als Publikum, als mit den anderen Jungens Soldaten zu spielen. Beim Soldatenspielen lachte kein Mensch über mich, und Rolf Pörschke sagte, ich solle bloß abhauen. Ich könnte ja nicht einmal strammstehen. Rolf Pörschke war der Hauptmann. Kurti Neidel war Leutnant. Ich war – wenn ich überhaupt mitspielte – einfacher Soldat, obwohl ich ein Jahr älter war als Kurti Neidel.

Die Aussichten, Direktor eines Kaspertheaters zu werden, standen auch gar nicht so schlecht; denn als ich die Oberrealschule besuchte, zitierte Studienrat Brück einmal meine Eltern zu sich. Da hat er ihnen eröffnet, daß ich der Klassenkasper sei. Es werde mit mir ein böses Ende nehmen. Und alles nur, weil er mich verhau'n hatte und ich darüber so lachen mußte, daß ich die Hosen naß gemacht hatte.

Daraufhin haben sie zu Hause drei Tage nicht mit mir gesprochen. Mein Weltbild wurde erheblich ins Wanken gebracht; denn ich hatte eigentlich erwartet, daß meine Eltern genau so lachen müßten wie ich – wenn auch nicht gerade mit den etwas feuchten Folgen.

Ich überlegte daher, ob es nicht doch besser wäre, ein richtiger „Klohn" zu werden, statt Direktor eines Kaspertheaters. Ich sprach darüber mit Wolfgang Eckhardt. Der sagte zu mir: „Mensch, du mußt nicht immer Klohn sagen. Das ist doch englisch und wird Clown ausgesprochen."

Nachdem also die Angelegenheit durch fremdsprachliche Hürden zusätzlich kompliziert wurde, beschloß ich, eine kaufmännische Lehre anzutreten.

Da ist dann allen Beteiligten das Lachen vergangen.

Ballspiele

Zwei Ballspiele sind mir aus meiner Kinderzeit in Erinnerung geblieben: Die Mädchen spielten „Probe“ und wir Jungens Schlagball.

Für „Probe“ brauchte man so gut wie gar keinen Platz – nur einen Ball und ein Stück Hauswand. Die Bälle waren aus Gummi, luftgefüllt und meistens sehr bunt. „Probe“ wirkte „babyleicht“, und die Mädchen zeigten dabei stets eine große Geschicklichkeit.

Die Übungen hießen „Brust“, „Hand“, „Knie“, „Kopf“ und „Arm“. Der Ball wurde mit dem jeweiligen Körperteil, dem die Übung ihren Namen verdankte, an die Wand befördert, von wo er dann auf den betreffenden Körperteil zurückprallen mußte – möglichst oft und möglichst schnell.

Ich habe ein einziges Mal „Probe“ gespielt, heimlich, weil man als Junge nicht wie ein Mädchen spielen durfte. Dabei bin ich andauernd hinter dem Ball hergerannt und ganz aus der Puste gekommen. Da war ich hinterher froh, daß ich dieses blöde Mädchenspiel nicht zu spielen brauchte.

Anders war es mit dem Schlagball. Das beherrschte ich zwar auch nicht besser. Aber so ganz konnte ich mich diesem Spiel nicht entziehen. Manchmal wurde noch ein Mitspieler gesucht. Dann kamen sie zu mir. Sie sagten sich: „Lieber mit'm Doofen spielen als gar nicht."

Das Schlagballspiel benötigte im Gegensatz zur „Probe" ziemlich viel Platz. Aber den hatten wir ja auch. Uns standen die Pferdestraßen zur Verfügung, auf denen sonst nicht viel los war. Morgens früh kam der Milchmann mit seinem Pferdegespann. Einmal in der Woche kam der Aschwagen – mit zwei Pferden davor. Im Herbst brachten die Bauern aus Sievern Kartoffeln, und einmal, es war im Jahre 1938, besuchte uns mein Onkel Emil aus Kiel. Der besaß eine kleine Fabrik und fuhr einen „Adler". Da herrschte eine große Aufregung in der Straße, und an Schlagball war unter diesen Umständen nicht zu denken.

Ich kann mich übrigens an die genauen Spielregeln gar nicht mehr erinnern, wobei eingeschränkt werden muß, daß wir sicherlich unsere eigenen Regeln hatten. Jedenfalls war der Schlagball eine Lederklütsche, die mit einem Schlagholz aus dem Schlagmal herausgeschlagen wurde, während ein zweiter Spieler losrennen, das Laufmal erreichen und wieder zurückkehren mußte.

Das Dumme war nur, daß die Gegner den Ball fangen und danach vesuchen mußten, den Läufer „abzuwerfen". Das gelang ihnen bei mir jedesmal, so daß meine Mannschaftskameraden verzweifelten und mir schließlich das Schlagholz in die Hand drückten. Aber da schlug ich die Bälle so unglücklich, daß sie dem Gegner wie von selbst in die Hand kullerten, so daß er den Läufer in aller Ruhe „abwerfen“ konnte.

Später, als das Schlagballspiel unmodern geworden war, wandten wir uns dem Fußballspiel zu. Ich glaube, kein Mensch hat wie ich so früh und so schmerzhaft die Fußballphilosophie des Fußballehrers Sepp Herberger begriffen, daß nämlich der Ball rund ist. Er war für mich so verteufelt rund, daß ich es nie geschafft habe, ihm meinen Willen aufzuzwingen. Trat ich wirklich einmal gegen einen Ball, dann flog er in eine Richtung, in die ich ihn ganz bestimmt nicht hatte schicken wollen.

Sie können sich vorstellen, daß ich meine Mannschaftskameraden zur Verzweiflung gebracht, meine Gegner aber im höchsten Maße erfreut habe. Einmal, als wir ein entscheidendes Spiel gegen eine Parallelklasse austragen mußten, wurde ich auf Beschluß der Klasse zum Torpfosten ernannt – das war in der Zeit nach 1945, als wir keine Kreide für diesen Zweck hatten.

Normalerweise bestanden bei uns zu jener Zeit die Torpfosten aus Büchertaschen. Zur Schonung wenigstens einer dieser Taschen und damit ich kein weiteres Unheil anrichten konnte, sollte ich Pfosten sein, was zunächst auch ein ganz gemütlicher Posten war. Doch mit einem Male kam der Ball auf mich zugeflogen. Ich kriegte so einen Schreck, daß ich ihm auswich. Leider nach der verkehrten Seite. Dadurch wurde das Tor ganz wesentlich verbreitert, und der Torwart hatte keine Chance, den Ball zu greifen.

Das war der Augenblick, in dem meine Fußballkarriere abrupt zu Ende ging.

Schultüte

Die Sache mit den Strümpfen war geklärt. Ich durfte an meinem ersten Schultag Wadenstrümpfe anziehen. Die rutschten zwar, weil ich Storchenbeine hatte. Aber ich brauchte mich wenigstens nicht der langen braunen Strümpfe wegen zu schämen, die von einem gräßlichen Leibchen und von Gummibändern gehalten wurden.

Aber nun stand da noch eine Antwort auf die wichtige Frage nach der Schultüte aus. Wochenlang vorher fragte ich immer wieder: „Kriege ich wohl eine Schultüte? Oder kriege ich keine?“

Das war, müssen Sie wissen, in den dreißiger Jahren eine Frage von allergrößter Bedeutung. Damals lagen Gummibärchen, Schokoriegel und Lakritzbonbons ja nicht – wie heute – überall griffbereit in den Regalen.

Meine Mutter tat geheimnisvoll, wenn ich nach der Schultüte fragte. Aber an jenem Morgen, da ich zum ersten Male in die Schule gehen sollte, lag die Tüte vor meinem Bett, gefüllt mit Süßigkeiten, darunter Brausepulver. Das heißt, eine erste Inspektion ergab, daß die Tüte tatsächlich nicht bis obenhin gefüllt war mit Schleckereien. In der unteren Hälfte befanden sich ein Paar wollene Strümpfe und eine blaue Mütze von Bleyle. Die nahmen eine Menge

Platz weg. Aber auf diese Weise hatte meine Mutter das Nützliche mit dem Angenehmen verbunden. Denn nützlich waren die wollenen Strümpfe und die Mütze durchaus, und meiner Mutter war es angenehm gewesen, daß sie das viele Geld für Süßigkeiten sparen konnte.

Ich habe mir meine Enttäuschung nicht anmerken lassen, was ja auch undankbar gewesen wäre. Außerdem beschäftigte mich noch ein anderes Problem. Es wurde mir nämlich mitgeteilt, daß ich die Schultüte nicht mit in die Schule nehmen dürfe. Es seien sicherlich, so wurde mir bedeutet, viele Kinder da, deren Eltern das Geld für einen solchen Luxus gar nicht aufbringen konnten. Denen blute dann das Herz, wenn sie mich mit meiner Tüte sähen.

Das leuchtete mir ein. Andererseits hätte ich etwas abgeben können. Aber wer hätte schon meine wollenen Strümpfe oder meine blaue Mütze haben wollen. Und auf die war ich am ehesten bereit zu verzichten.

Ich bin dann also nur mit Tornister und Brottasche in die Schule gegangen. Lehrer Müller begrüßte uns, spielte auf seiner Geige „Hänschen klein, ging allein ...“ und fragte, ob wir wüßten, was das für ein Instrument sei, das er spiele. August Tietjen meldete sich und sagte, das sei eine Mandoline. Darauf fingen wir alle an zu lachen. Darüber muß sich August Tietjen so gegrämt haben, daß er sich nie wieder gemeldet hat. Er verließ uns nach einem Jahr. Ich weiß nicht, was aus ihm geworden ist.

Was nun aber die Schultüte betrifft, die haben wir nach der Schule von zu Hause abgeholt. Wir sind ins Grüne gegangen, und da bin ich fotografiert worden. Mit Tornister, Brottasche und Schultüte. Ich trug einen Matrosenmantel, der selbstgeschneidert war.

Doch als ich endlich aus meiner Schultüte naschen wollte, stellte ich fest, daß mein kleiner Bruder – während ich meiner Schulpflicht nachgekommen war – das System der Selbstbedienungsläden lange vor dessen tatsächlicher Erfindung vorweggenommen und für sich genutzt hatte. Er behauptet noch heute, damit nur im Sinne einer ausgleichenden Gerechtigkeit gehandelt zu haben. Denn als er 1941 eingeschult wurde, da war Krieg und an Süßigkeit kaum zu denken. Bei ihm lagen nur wollene Strümpfe in der Schultüte.

Musikalische Erziehung

Was meine musikalische Erziehung betrifft, so ist sie im Grunde recht vielseitig gewesen, wenngleich sie in ihrem Endergebnis alle Wünsche offenläßt.

Natürlich habe ich – Anfang der vierziger Jahre – die Blockflöte gespielt.

Das ist ja ein merkwürdiges Instrument: Solange der Musikant in den Anfangsgründen steckt, schreckt er seine Umgebung mit Flötentönen, die von allen Betroffenen die Sensibilität eines Mehlsacks verlangen. Sobald der junge Musikant aber in der Lage ist, dem Instrument lieblichere Töne zu entlocken, verliert er schlagartig die Lust daran, legt die Blockflöte in die Ecke und wendet sich einem anderen Instrument zu – meistens der Geige. Jeder, der das dann mit anhören muß, weiß, wie sehr man sich nach den mißglückten Tönen einer Blockflöte sehnen kann.

Auch ich habe, nachdem ich Abschied von der Blockflöte genommen hatte, Geigenunterricht gehabt. Aber ich träumte davon, die Trommel zu schlagen. Es gab ja in der Jugendorganisation jener Zeit sogenannte Spielmannszüge. Alfred Bötzel spielte da die Trommel. Heute spielt er als Pensionär Golf in Köln am Rhein. Damals habe ich ihn glühend beneidet. Denn diese Trommeln leiteten stets das

Fanfarenspiel ein. Anschließend mußten wir kriegerische Lieder singen, während die Trommeln nur noch – mit eintönigem Schlag – das Schritt-Tempo bestimmten.

Dum – Dum – Dum-Dum-Dum.

Das war nun einmal ein Instrument, zu dem auch ich Lust gehabt hätte. Doch niemand war bereit, mein Genie zu entdecken. So ging das Dritte Reich dahin und hatte die Chance vertan, der Welt wenigstens einen begabten Trommlerbuben zu hinterlassen.

Aber es hätte auch wenig genützt; denn die Trommel wurde nicht mehr benötigt. Statt dessen machten wir Bekanntschaft mit dem Dudelsack.

Immer wenn ich heute einen Dudelsackpfeifer höre, denke ich an meine erste Begegnung mit diesem Instrument. Das war Mitte Mai 1945. Der Krieg war eben zu Ende gegangen. Die Ausgangssperre – wir durften ja zunächst nicht 'raus – wurde erstmals ein bißchen gelockert, da machten wir Jungens uns auf die Socken: mal gucken, was aus unserer Schule geworden war, aus der Leher Oberrealschule. Seit Juni 1944 hatte sie keinen Dachstuhl mehr. Der war von Brandbomben gefressen worden.

Die Schule stand also ohne Dachstuhl am Neumarkt in Lehe. Oben auf dem nunmehr flachen Dach musizierten schottische Eroberer auf dem Dudelsack. Die Straße wimmelte von britischen Soldaten. Dazwischen spazierte unser alter Biologielehrer Doktor Karl Schneider. Er kam uns entgegen, und wir grüßten artig – wie wir es gelernt hatten mit einem zackigen Heil Hitler, wobei wir automatisch den rechten Arm hoben.

Karl Schneider nahm das zum Anlaß, mir eben diesen rechten Arm derart umzudrehen, daß mir ganz schlecht wurde. Er sagte: „Wenn einer schon in der Schule ein Rindvieh ist, dann muß er das nicht auch noch im praktischen Leben sein!"

Seitdem verbinde ich Dudelsackmusik immer mit einem stechenden Schmerz im Arm und mit dem Wunsche, ein Dudelsackpfeifer zu sein. Denn hätte ich damals auf dem Dach der Schule gestanden und den Dudelsack gespielt, hätte mir Karl Schneider den Arm ganz bestimmt nicht umgedreht.

Die Schotten rückten ab. Die Amerikaner rückten ein. Sie brachten den Jitterbug mit, was ein für damalige Verhältnisse sehr zappeliger Gesellschaftstanz war. Es kam die Zeit, da mir zum ersten Male bewußt wurde, daß es Spaß macht, mit Mädchen nach der Musik zu tanzen. Von diesem Augenblick an war in mir sowieso jeglicher Ehrgeiz erloschen, selbst ein Instrument zu spielen.

Rettungsschwimmen

Das verdammte Problem beim Schwimmen war und ist für mich das Wasser.

Sie müssen wissen, daß ich wasserscheu bin, was aber auch damit zu erklären ist, daß für uns in Bremerhaven das Wasser erstens für die Schiffe da ist, und man bringt sich ja in Gefahr, wenn man zwischen den Schiffen umherschwimmt. Zweitens gab es früher das Weserbad unmittelbar an der Geestemündung. Wenn wir dort bei ablaufendem Wasser schwammen, konnte es passieren, daß uns von der Geeste her unappetitliche Details aus der Bremerhavener Kanalisation entgegenkamen.

Betrüblicherweise gab es in Bremerhaven während meiner Kinderzeit eine überdachte Badeanstalt: das Marienbad in der Grazer Straße. Das hatte zwar, wenn ich mich richtig erinnere, nur eine 25-Meter-Bahn. Das Becken war etwa zwölf Meter breit. Aber für eine mit Wasser gefüllte Folterkammer war das groß genug.

Wer dort schwimmen lernen mußte, der kam zu Frau Wiese in die Lehre oder zu Mami Grützner. Mami Grützner war nett. Sie lächelte meistens. Frau Wiese war energisch. Sie lächelte nie. Natürlich wurde ich Frau Wiese zugeteilt. Sie steckte mich zunächst einmal an die Angel.

Das war ein Marterinstrument, in das man sich hineinlegen mußte, so daß man auf der Wasseroberfläche schwebte. Dann mußte man nach dem Kommando von Frau Wiese die für das Schwimmen erforderlichen Arm- und Beinbewegungen machen: Auseinander, beugen, seitwärts, nach vorn.

Während ich mich auf diese Übung konzentrierte, vergaß ich, auf mein Gleichgewicht zu achten. Ich tauchte immerzu mit dem Kopf ins Wasser, während meine Beine in der Luft zappelten.

Nachdem ich aber den Bewegungsablauf begriffen hatte, band mich Frau Wiese an eine Leine. Damit mußte ich ins Wasser, und während ich nun die eingeübten Bewegungen machte, zog mich Frau Wiese durch das Becken, als wolle sie mit mir einen Weltrekord im Schwimmen aufstellen – und zwar im direkten Vergleichskampf mit einem Schnellboot der damaligen Kriegsmarine.

Ich habe bei der Gelegenheit derart viel Wasser geschluckt, daß ich noch heute meine, ich müßte immerzu kurz vor dem Ertrinkungstod gestanden haben. Wie durch ein Wunder blieb ich jedoch am Leben.

Irgendwann wurde ich von der Leine befreit und schwamm fortan am Stock. Da mußte ich ohne jede Sicherheit ins Becken und langsam von einer Ecke in die andere schwimmen, während mir Frau Wiese einen langen Stock vor die

Nase hielt, den ich bei dringendem Bedarf greifen konnte. Eines Tages nahm Frau Wiese den Stock weg, und ich ging unter wie ein Stein, zappelte wie verrückt, kam wieder hoch. Der Stock war wieder da. Ich schwamm beruhigt weiter.

Doch denken Sie mal, es kam der Tag, da ich soweit war, daß ich mich freischwimmen konnte. Die Freude darüber wurde allerdings ein bißchen gedämpft dadurch, daß sich nur freischwimmen konnte, wer in der Lage war, einen Kopfsprung vom Beckenrand zu machen. Dieser Kopfsprung steckt mir noch heute in den Knochen.

Frau Wiese, die meinen Kopfsprung überwachte, meinte, ich dürfe nicht wie ein Sack ins Wasser plumpsen, sondern müsse wie ein Mensch springen, der einen Kopfsprung macht. „Versuch es noch einmal“, sagte sie. Diesen Satz sagte sie neunundzwanzigmal. Danach riet sie mir, in der nächsten Woche wiederzukommen. Vielleicht klappe es dann.

Es war das letztemal, daß man mich im Marienbad gesichtet hat.

Freigeschwommen habe ich mich dann sehr viel später in der Baggerkuhle in Langen – unter Aufsicht meines Turnlehrers Guddel Dunker, der damals schon nicht mehr der Jüngste war. Er kannte das Leben und wußte, daß man nicht alles sehen muß im Leben – zum Beispiel, wenn ein mäßig begabter Junge sein Freischwimmen macht, und sich das Leben durch Grundberührung von Zeit zu Zeit ein bißchen erleichtert. Denn fünfzehn Minuten – so lange dauerte damals das Freischwimmen – können sehr lang sein.

Die Frage, ob ich ein Leistungsschwimmer werden wollte oder gar ein Rettungsschwimmer, ist mir nie gestellt worden.

Schützenfest

Stellen Sie sich vor, was mir passiert ist.

Ich fahr' ins Land Wursten, nach Dorum, treffe dort im Deichmuseum Herrn Kerber, und der sagt zu mir: „Schön, daß Sie da sind. Wir sollten mal eben in die Schule gehen."

Nun lebt in mir aus meiner Jugendzeit eine tiefe Abneigung gegen jede Art von Schulen, und ich fragte Herrn Kerber: „Muß das denn sein?" und „Was soll ich da überhaupt?" Und er sagte: „Den Rektor besuchen!"

Nun gut, ich töffelte mit, weil ich auch nicht unhöflich sein wollte, und wer sitzt da im Rektorzimmer von der Mittelschule in Dorum, hälst nicht aus, mein alter Freund Rolf Schiffler.

Viele, viele Jahre hatten wir uns nicht gesehen. Es war im Jahre 1937, da wir eingeschult wurden und jeden Tag gemeinsam unseren Schulweg absolvierten, mal holte ich ihn ab, mal er mich. Immer mußten wir bei Opa Bessensteel vorbei, der in einer Landbude mit lauter Muscheln darin wohnte. Vor dem hatten wir Angst. Aber ich noch mehr als Rolf Schiffler; denn der konnte besser laufen als ich.

Der konnte überhaupt alles besser als ich. Fußballspiel'n sowieso. Rechnen und Schreiben auch. Dann sagte der eines Tages zu mir: „Willst mit zum Schützenfest?"

Das war noch in den Jahren vor dem Krieg, als die Schützenlosung lautete: „Üb' Herz und Hand fürs Vaterland!" Ich also mit.

Der Junge von Stegmanns aus der Poststraße in Lehe war im Vorjahr Schützenkönig geworden. Den mußten wir abholen. Wir marschierten danach zum Schützenplatz. Unterwegs haben wir gesungen: „Die blauen Dragoner, sie reiten mit klingendem Spiel vor das Tor...". Und auf dem Schützenplatz haben sie mir ein Gewehr in die Hand gedrückt.

Sie zeigten mir, wohin ich schießen müsse, wenn ich Schützenkönig werden wollte. Ich guckte erst einmal zu, wie Rolf Schiffler das machte. Du liebe Zeit, der konnte das. Aber ich ... wie ich das Gewehr schon in der Hand hielt, das veranlaßte einen besorgten Vater, seinem Sohn zuzurufen: „Geh da nicht so nah ran, der Döskopp schießt dich sonst noch tot!"

Ich hab' aber ganz vorsichtig auf den Adler angelegt und abgedrückt. Dann haben sie das Einschußloch gesucht und natürlich nicht gefunden. Ein Opa sagte, so vorbei habe noch nie einer geschossen. Er fragte mich: „Junge, du willst doch wohl nicht Mitglied bei uns werden?" Er machte sich richtig Gedanken darüber.

Rolf Schiffler aber, der ist am Ende Schützenkönig geworden. Alle waren ganz stolz auf ihn, und ich habe ihn glühend beneidet und mich gleichzeitig meiner eigenen ungenügenden Leistungen wegen geschämt.

Jetzt jedoch hat mir Rolf Schiffler verraten, daß ich gar nicht hätte neidisch zu sein brauchen. „Mein Vadder“, sagte er, „der hätte mir damals am liebsten den Hintern versohlt. Dem war es gar nicht recht, daß ich Schützenkönig geworden war. Denn er war bei den Alten gerade erst Schützenkönig geworden und wußte, was das kostete.“ Tolpatsch, habe er zu seinem Sohn gesagt, hätt’st nicht vorbeischießen können?

Seh’n Sie, so kommt es immer auf die Betrachtungsweise an, ob einer als erfolgreicher Mensch gilt oder nicht. Nachdem Rolf Schiffler mir seine traurige Geschichte erzählt hat, ist mir ein Stein vom Herzen gefallen, der da so viele Jahrzehnte gelegen hat.

Jetzt liegt er im Rektorzimmer in der Mittelschule in Dorum.

Turnhallen

Wenn ich an Turnhallen denke, dann fällt mir zuallererst Hermann Allmers ein. Mir kommen seine Worte in den Sinn:

Wer die Heimat nicht liebt und die Heimat nicht ehrt, ist ein Lump und des Glücks in der Heimat nicht wert.

Dieser Spruch schmückte die Turnhalle der Körnerschule in Bremerhaven. Ich habe allerdings nie begriffen, was er da eigentlich zu suchen hatte.

Denn ist es vielleicht ein Glück, in der Heimat wie ein nasser Sack an einem Reck zu hängen und in seinem verzweifelten Bemühen, einen Aufschwung zu machen, auch noch das Gelächter der ganzen Klasse ertragen zu müssen?

Ich habe das nie als ein Glück empfunden.

Aber auf mich wirkten Turnhallen ohnehin stets wie Schreckenskammern – mit all dem Gerät, das eigens erfunden worden zu sein schien, um mich zu quälen. Reck und Barren, Bock und Stangen – entsetzlich!

Stellen Sie sich vor, Sie haben so einen Bock vor sich – in zehn Meter Entfernung. Da sieht er ja noch ganz passabel aus. Jetzt aber ertönt das Kommando für Ihren Einsatz. Sie rennen los. Und unvermittelt wird der verdammte Bock immer höher und höher und – klatsch – knallen Sie dagegen.

Meine größte sportliche Leistung in dieser Disziplin war die, daß ich den Bock zwar erfolgreich erstürmte, dann aber auf ihm sitzen blieb, weil ich nicht genug Schwung hatte, um auf der anderen Seite auch wieder hinunterzuspringen.

Oder denken Sie mal an die blödsinnigen Versuche, sich auf einem Schwebebalken zu halten und dabei auch noch Dinge zu tun, die einem selbst auf etwas komfortablerer Unterlage unangenehm wären. Wir hatten einen Schwebebalken auf dem Schulhof, den hatte – das war während des Krieges – der Vadder von Günter Kistner gestiftet – möglicherweise in der stillen Hoffnung, daß dieser Akt edlen Mäzenatentums unserem Turnlehrer Guddel Dunker eine bleibende Erinnerung sein werde, vor allem während der Notenvergabe. Günter Kistner saß nämlich auch gelegentlich auf dem Bock.

Was der arme Junge angesichts der Spendenfreudigkeit seines Vaters empfunden hat, weiß ich nicht. Ich habe ihn nie danach gefragt. Ich hätte sie meinem Vater nie verziehen. Denn wie kann ein Vater einer Schule ein Turngerät stiften und damit ein zusätzliches Marterinstrument für den eigenen Sohn. Mein Vater war da anders. Der hat der Schule mal eine Walfischbarte gestiftet. Die wurde im Naturkunderaum in einen Schrank gelegt – und sie hat nie wieder einen Schüler gestört.

Was nun aber die Turnstunden betrifft, so muß ich ausdrücklich erwähnen, daß es auch erträgliche Stunden gegeben hat. Zum Beispiel, wenn Guddel Dunker uns Hampelmann machen ließ – im Takte seiner Klapper, die er stets in der Hand hielt. Bei jedem Klapp sprangen wir hoch, Beine auseinander und in die Hände geklatscht. Das war Hampelmann.

Oder Dreibein. Da standen wir auf unseren Füßen und auf dem Kopf. Oder – wer konnte es am längsten im Kaffernsitz aushalten?

Da mußten wir in der Hocke sitzen, grad so, wie sich Guddel vorstellte, daß die Kaffern in Afrika immer sitzen. Oder er sah auf die Uhr, um zu prüfen, wer am längsten auf einem Bein stehen konnte.

Wenn man dann nur lange genug stand, konnte man unter anderem verhindern, daß Guddel auf die teuflische Idee kam, uns die Kletterstangen hochzuschicken, eine Übung, die er mit laufender Stoppuhr begleitete.

Ja, und dann hing ich da unten und blickte nach oben. Die Kletterstangen wurden immer länger und nahmen überhaupt kein Ende. Ich bin mir heute noch nicht im klaren darüber, was mich gehindert hat, den Weg nach oben wenigstens zu suchen. Es kann die absolute Unfähigkeit gewesen sein, meinen Körper nach Art der Affen hochzuhangeln. Es kann aber auch die Angst gewesen sein, tatsächlich oben anzukommen. Denn was dann?

Wenn du da oben ankommst, dachte ich, findest du nie den Weg zurück nach unten. Und wenn ich mir dann ein ganzes Leben so dicht unter der Decke der Turnhalle ausmalte, angstvoll festgeklammert, dem Hungertode nahe und eine Sehenswürdigkeit für ganze Generationen von Klassen – dann verließen mich auch die letzten Kräfte.

Handwagen

Mitten in der Stadt zogen zwei junge Frauen einen Handwagen. Sie taten das ganz unbefangen und grad so, als sei ein Handwagen heutzutage ein selbstverständliches Transportmittel.

Das Bild aber erinnerte mich an Doktor Otto. Der war unser Geographielehrer. Wir nannten ihn „Bulle". Ich weiß nicht, warum. Einmal nahmen wir die Wüste Sahara durch. Doktor Otto stellte sich vor die große Landkarte und fragte, welche Wüste hinter seinem Rücken liege, und Heinrich Ochs sagte: „Die Wüste Gobi!" Dafür ist er fürchterlich verdroschen worden.

Bei der Gelegenheit mag es wohl gewesen sein und hinsichtlich der ihm wieder einmal schmerzhaft bewußt werdenden Erkenntnis, sein Wissen an Unwürdige zu verschwenden, daß Doktor Otto einer Gedankenverbindung von den Kamelen, den Lasttieren der Wüste, zu uns nachgab und unvermittelt fragte: „Wer besitzt einen Handwagen?"

Nun muß man dazu wissen, daß es zu jener Zeit, da Doktor Otto bei uns in der Untertertia Geographieunterricht gab, noch nicht möglich war, erforderliche Transporte durch einfaches Herunterklappen der Rücksitze im Auto zu bewerkstelligen. Es besaß ja niemand ein Auto. Das gebräuchliche Transportmittel war der

Handwagen, und sogar der war – in der Stadt jedenfalls – eine Rarität.

Wir hatten einen. Als Doktor Otto seine Frage an die Klasse richtete: „Wer hat einen Handwagen?“, da erhob ich mich als einziger, was mich mit Stolz erfüllte, etwa so, wie wenn heute einer melden könnte, sein Vater besäße einen Rolls Royce mit Fahrer.

„Gut“, sagte Doktor Otto und sah mich ein bißchen verwundert an, weil ich im allgemeinen nicht zu denen gehörte, die eine Frage als einzige beantworten konnten. „Dann sei mal heute nachmittag um drei bei mir im Garten. Wir wollen Kartoffeln ernten. Die müssen nach Hause gebracht werden.“

Da ärgerte ich mich, daß ich den Besitz des Handwagens nicht für mich behalten hatte; denn Doktor Otto bei der Kartoffelernte zu helfen – das war nun nicht gerade die von mir erträumte Freizeitbeschäftigung. Es war ja auch bekannt, daß Doktor Otto zwischen den Leistungen in der Schule und denen bei der Gartenarbeit streng zu trennen wußte. Wer sich im Kartoffelausklauben hervortat, der hatte deswegen noch kein Anrecht auf eine gute Zensur in Geographie.

Außerdem zog ich sehr ungern mit einem Handwagen durch die Stadt. Es hatte für mich etwas Unfeines und beschädigte mein Selbstbewußtsein. Vor allem wenn mir Mädchen entgegenkamen, die ich damals sowieso für dumme Gänse hielt. Und dann ich mit einem Handwagen!

Mit den Mädchen bin ich bald ins reine gekommen. Mit dem Handwagen nie. Er war mir ein Greuel und eine stete Qual. Manchmal war ich nahe daran, meinen mich peinigenden Verfolger einfach los zu lassen und so zu tun, als gehöre er nicht zu mir. Aber was hätte ich dann zu Hause sagen sollen, wo der Handwagen dringend gebraucht wurde?

Nun stellen Sie sich aber mein Erstaunen vor, als mir in der Stadt unlängst die beiden Frauen mit ihrem Handwagen entgegenkamen. Sie wirkten richtig nett, und ich fand, daß der Handwagen ganz gut in unsere Zeit paßt. Der Aufkleber „Atomkraft – nein danke“ – am Heck eines Handwagens jedenfalls hätte er einen Sinn.

Ich dachte: Wo ist eigentlich unser alter Handwagen abgeblieben?

Eines Tages war er weg. Vielleicht ist er auseinandergefallen. Er war ja nicht mehr der Jüngste. Unversehens, stellen Sie sich vor, wurde der so oft von mir Verfluchte zu einer freundlichen Erinnerung.

Aber so geht's einem ja nicht nur mit einem Handwagen.

Goldmacher

Alle unsere Lehrer in der Oberrealschule in Lehe hatten Spitznamen. Nur Doktor Sauer, unser Chemielehrer, der hatte – glaube ich – keinen, was ja auch nicht nötig war. Wer Sauer heißt, meinten wir wohl, müsse nicht noch zusätzlich mit einem Spitznamen bestraft werden.

Doktor Sauer pflegte uns bei jeder passenden Gelegenheit mit einem dramatischen „Hier hat er gesessen!“ darauf hinzuweisen, daß schon der Nobelpreisträger Butenandt sein Schüler gewesen war, was mich allerdings überhaupt nicht berührte, weil mich Chemie sowieso nur in Verbindung mit dummen Streichen interessierte.

Wir ließen, zum Beispiel, das Wunder geschehen, daß sich eine glasklare Lösung, die aus Gründen der Anschaulichkeit in einem „Reagierrohr“, wie Doktor Sauer die Reagenzgläser nannte, die Runde durch die Klasse machte, als tiefblaue Flüssigkeit zu Doktor Sauer zurückkehrte, was ihn zunächst irritierte, weil er an eine ihm bis dahin unbekannte chemische Reaktion glaubte, bis er begriff, daß wir unsere Füllfederhalter darin entleert hatten. Daraufhin bekam er einen Wutausbruch und schleuderte die entweihte Flüssigkeit in die Klasse hinein, wo sie vorzugsweise Günter Kistners weißes Hemd traf.

Aber das wollte ich gar nicht erzählen. Ich wollte vielmehr von jener Phase während meiner Schulzeit berichten, da ich ein gewisses Interesse für die Chemie in mir aufkeimen spürte, hervorgerufen durch den Hinweis meines Mitschülers Ernst Kersten, daß man mit Hilfe der Chemie Gold machen könne.

Ernst Kersten hatte das schon versucht, allerdings mit einstweilen negativem Erfolg, was ihn aber nicht störte. Es waren ja schon ganz andere Leute daran gescheitert. Er wußte von einem Johann Clajus zu erzählen, der im Jahre 1606 ein Buch verfaßt hatte, das den vielversprechenden Titel trug: „Alchymistica oder die wahre Kunst, aus Kuhmist Gold zu machen".

Nun sei das mit dem Kuhmist ja so eine Sache, meinte Ernst Kersten. Da käme man in der Stadt so schlecht ran, zumal Kuhmist auch als Dünger dringend gebraucht werde. Aber es müsse doch möglich sein, Kuhmist auf chemischem Wege herzustellen, um dann daraus Gold zu machen.

Mir schien das sehr einleuchtend zu sein, zumal ich nach intensiver Lektüre in einem Lexikon dem Geheimnis des Gestankes auf die Spur gekommen war. „Ernst", sagte ich zu Ernst Kersten, „stinken können wir schon. Dazu brauchen wir nur Schwefelwasserstoff, der nämlich ..." – und nun lesen Sie mal, welch ein Bildungsgut in so einem Lexikon verborgen liegt – „... der nämlich im Pansen der Wiederkäuer vertreten ist".

Ich ging also von der Überlegung aus, daß wir Schwefelwasserstoff als Grundlage der Kuhmist-Zubereitung benötigten und damit auch bereits den Schlüssel zur Goldherstellung gefunden hatten.

Ernst Kersten guckte mich zwar etwas mißtrauisch an, meinte aber im Hinblick darauf, daß er selbst ja auch keine bessere Lösung wußte, wir sollten das mal, jeder für sich, zu Hause probieren.

Nun hatte ich aber unglücklicherweise keinen Schwefelwasserstoff im Hause. Ich sagte mir: Gott, kannst ja auch Schwefel nehmen! Ich nahm also Schwefel, tat ordentlich Salpeter dazu, was ich zufällig besaß, und pulverisierte Kohle. Danach ritt mich der Teufel. Ich zündete den ganzen Krempel an, nachdem ich alles fein miteinander vermischt hatte, was zur Folge hatte, daß es bei mir im Zimmer auf der Fensterbank ein schreckliches Feuer gab. Weil das Fenster offen stand, schmiß ich die brennende Masse hinaus. Im Stockwerk unter uns, bei Rißmüllers, hing gerade die große Wäsche auf der Leine. Wir brauchten zwar nicht die Feuerwehr kommen zu lassen. Doch viel hätte nicht gefehlt.

So ging in der Aufregung des Augenblicks die bemerkenswerte Tatsache völlig unter, daß ich – auf der Suche nach Gold – das Schießpulver erfunden hatte, wenn auch – zugegebenerweise – nicht als Erster.

Statt nun aber meine Erfindungsgabe zu loben, wurde mir streng verboten, mich weiterhin um die Herstellung von Gold zu bemühen. Am Ende, so hieß es, werde ich bei meiner Begabung noch das ganze Haus in die Luft sprengen.

Auf diese Weise ist es mir versagt geblieben, ein reicher Mann zu werden.

Quell der Heiterkeit

Studienrat Brück trug während des Unterrichts entweder Knickerbocker oder eine schlecht sitzende Parteiuniform, die unser Interesse vor allem deswegen erregte, weil die Hakenkreuzarmbinde egalweg schief saß – das Hakenkreuz zeigte nach hinten, so daß der Studienrat Brück von vorn betrachtet eine rote Armbinde trug.

Studienrat Brück war Parteiredner. Er sagte, es gebe nicht viel Parteiredner, die reden könnten. Er wisse von einem, der habe am 9. November lauthals in einen vollen Saal hineingerufen: „Wir gedenken die Toten!" Man müsse sich das mal vorstellen!

Wir hatten Studienrat Brück in Geschichte. Er vermittelte uns ein Geschichtsbild großdeutscher Weltbetrachtung und eine Fülle von Geschichtszahlen, die wir auswendig lernen mußten, wofür ich ihm allerdings heute noch dankbar bin.

Studienrat Brück war für uns ein Quell steter Heiterkeit; denn es bedurfte während des Unterrichts nur eines einzigen Stichwortes, um ihn von ernsthafter Arbeit abzulenken und ihn zu bewegen, sich in einem endlosen Redestrom seinem Haß gegen die beiden Hauptfeinde des Großdeutschen Reiches und seines heißgeliebten Führers hinzugeben.

Bei den Feinden handelte es sich um den Papst und selbstverständlich um die Juden.

Wenn Studienrat Brück den Papst beim Wickel hatte, baute er sich am Fenster auf und traktierte die völlig unschuldige Fensterbank mit seiner rechten Faust. Dabei zählte er uns das ganze Sündenregister des Papsttums auf – unter besonderer Berücksichtigung der Leiden, die machtlüsterne Päpste den deutschen Heldenfürsten zugefügt hatten. Daß diese Fürsten allesamt Mitglieder der NSDAP gewesen wären, wenn es die Partei zu ihren Lebzeiten schon gegeben hätte, verstand sich für Studienrat Brück von selbst.

Die Kirche jedenfalls war an allem schuld. Als wir einmal einen Klassenraum bezogen, in dem an der hinteren Wand ein Druck der Sixtinischen Madonna hing, stichelte Studienrat Brück solange, bis der Druck gegen ein würdigeres Bild ausgetauscht wurde. Fortan hing dort Lützows wilde, verwegene Jagd, eine wildbewegte Erinnerung an einen der Helden der napoleonischen Kriege.

Wenn aber die Kirche an allem Ungemach die Schuld trug, das dem deutschen Volke im Laufe seiner Geschichte zugefügt worden war, so waren die Juden erst recht an allem schuld.

Wenn sich Studienrat Brück anschickte, den Juden die Leviten zu lesen, nahm er am Katheder Platz, trommelte im Takte seiner Rede mit beiden Fäusten und begleitete diesen Kraftakt mit seinen Füßen, die im Rhythmus der Faustschläge den Boden stampften.

Niemand von uns kannte einen Juden. Wir gingen davon aus, daß Juden im Sinne der nationalsozialistischen Rassengesetze grundsätzlich krumme Nasen, listige Äuglein, wulstige Lippen, dicke Bäuche und Plattfüße hatten.

Einmal allerdings kam mir in einem ungepflasterten Seitenweg in Lehe, es war die Weichselstraße, eine schwarzgekleidete und sehr ernst blickende Dame entgegen. Sie trug den Davidstern an ihrem Mantel. Da wußte ich, daß es eine Jüdin war. Ich erschrak zutiefst; denn sie sah ja aus wie ein ganz normaler Mensch! Das mußte doch, dachte ich, ein Irrtum sein.

Es war kein Irrtum, wie sich später herausstellte, später, als uns das Lachen über die Clownerien des Studienrats Brück noch nachträglich im Halse stecken blieb.

gelte, gehörte es zu den Obliegenheiten unseres Klassensprechers Rolf Schiffler, sich zu erheben und laut und deutlich zu verkünden: „Herr Studienrat, es hat geschellt!“ Natürlich überhörte das der Studienrat Bernhard. Auch wenn Rolf Schiffler sagte: „Herr Studienrat, es hat zum zweiten Male geschellt“, ließ er uns ungerührt weiter „th“ üben. Er räumte erst das Feld, wenn die nächste Stunde begonnen und der dann für uns zuständige Lehrer die Klasse betreten hatte.

Ich könnte Ihnen jetzt, Sie merken es wohl, nicht wahr, stundenlang so weitererzählen. Aber die Älteren unter Ihnen, die ja alle ihre eigenen und ziemlich ähnlichen Erlebnisse aus ihrer Schulzeit haben, könnten mir das als Unfairness auslegen, weil sie keine Chance haben, mir ins Wort zu fallen mit der Einleitung: „Also, wir hatten einen ...“, und dann geht es los.

Die Jüngeren unter Ihnen aber finden das ganze Gesülze über die Schule sowieso bescheuert. Was gibt es denn darüber bloß zu erzählen? Und was, um alles in der Welt, gibt es über die Lehrer zu lachen? Kein Mensch lacht heutzutage noch über Lehrer.

Ich meine, ein bißchen schade ist das schon. Ich war richtig froh, als ich einmal – im Sommer – einen Lehrer erblickte, der barfuß in die Schule ging. Doch als ich das später in einem Kreis junger Leute erzählte, guckten die mich verständnislos an, und einer fragte: „Was soll denn daran witzig sein? Es war doch ein heißer Tag – oder?“

Es war ein heißer Tag. Doch heiße Tage gab es früher auch. Wenn ich mir vorstelle, Professor Bedau mit Vatermörder und im Gehrock – und dann barfuß!

Die heutigen Lehrer sind nicht mehr komisch. Nicht einmal, wenn sie barfuß gehen. Ich frage mich, was sollen sie denn überhaupt noch anstellen, damit die Schüler über sie lachen können und ihnen etwas bleibt an Erinnerungen fürs Leben. Ich, zum Beispiel, wenn ich die originellen Lehrer nicht gehabt hätte, meine Schulzeit wäre eine einzige Erinnerungslücke.

Opa Bessensteel

Ein eigenes Häuschen mit Garten hatte bei uns in der Nachbarschaft nur einer. Das war Opa Bessensteel.

Er wohnte etwas abseits von den großen Mietskasernen in einer erweiterten Landbude. Das Haus war von einem Garten umgeben. Nebenan stand ein Häuschen mit einem Herzen in der Tür.

Ob noch mehr Landbuden bewohnt waren, das weiß ich nicht. Wir kannten nur Opa Bessensteel. Seine etwas düstere Behausung gab unserer Phantasie reichlich Nahrung.

Wir malten uns aus, was Opa Bessensteel alles mit uns anstellen würde, wenn er uns zu packen bekäme. Einmal erschien mir Opa Bessensteel sogar im Traum. Ich mußte Eierkohlen aus dem Keller holen. Plötzlich stand er hinter mir. Er war winzig klein, schnitt aber eine fürchterliche Grimasse und packte mich mit seinen Händen, die schmutzig und so heiß waren, daß ich davon zum Glück aufwachte. Denn wer weiß, was noch alles passiert wäre.

Solche Schreckensträume und Erzählungen von größeren Jungens, die zu berichten wußten, daß Opa Bessensteel kleine Kinder zum Frühstück äße, hinderten uns allerdings nicht daran, uns in gebührender Entfernung zur Landbude aufzustellen und den Spottvers zu singen: „Opa, Opa Bessensteel, hau' de Kinner nich so veel!"

Wenn er dann seinen Kopf an einem der winzigen Fenster zeigte, nahmen wir Reißaus.

Ich habe allerdings niemals erlebt, daß Opa Bessensteel sein Haus verließ. Ich habe infolgedessen auch nie gesehen, daß er einem Kind etwas zuleide getan hat.

Viel später ist in mir der Verdacht aufgekommen, daß er die Gerüchte über seine Kinderfeindlichkeit höchstpersönlich und mit Vorbedacht ausgestreut hatte, um auf diese Weise seine wunderschönen Äpfel und Birnen zu schützen, die in seinem Garten an den Bäumen hingen.

Kartenlegerin

Wir nannten sie nur „die Torba“. Sie war eine vom Leben stiefmütterlich behandelte Frau, verwachsen, sehr klein, im täglichen Umgang mit ihren Mitmenschen kaum in der Lage, sich richtig auszudrücken. Sie leistete irgendeine untergeordnete Arbeit in der Lloyd-Waschanstalt, draußen im Hafen. Sie hieß Maria mit Vornamen.

Ihr Mann, in allem das männliche Gegenstück, hieß Joseph. Er lief, in damaligen Zeiten – das war während des Zweiten Weltkrieges – sehr ungewöhnlich, stets mit einem Rucksack durch die Straßen. Darin befand sich Gemüse aus seinem Garten. Er brachte uns davon – mit schönen Grüßen von seiner Frau. Wir sollten uns keine Sorgen machen. Es werde zwar in der kommenden Nacht wieder zu Bombenabwürfen kommen. Aber nicht bei uns.

Joseph Torba war der Bote seiner Frau Maria, die eine „Kartenlegersche“ war, jedoch die Karten nach eigenem Bekunden eigentlich gar nicht brauchte. „Ich seh’ das auch so“, sagte sie – sie hatte etwas Schlick auf der Zunge. Und wenn es – so ungefähr alle vierzehn Tage – bei uns zu Hause hieß: „Die Torba kommt heute“ – dann wurden wir Jungens im selben Atemzug ermahnt, doch endlich vernünftig zu sein und uns anständig zu benehmen. Es war ein völlig in den Wind gesprochener Appell.

Die Torba brauchte nur im Türrahmen zu stehen, schon lagen wir vor Lachen auf dem Fußboden, was sie jedoch in ihrer gutmütigen Art als Ausdruck unserer Zuneigung wertete. „Die Jungs sind immer so lustig“, sagte sie und bestand bei späten Besuchen darauf, noch einmal zu uns ins Kinderzimmer zu gehen, um uns eine gute Nacht zu wünschen. Wir krochen in unserer Not unter die Bettdecke und wären fast geplatzt.

Gleich zu Beginn des Krieges hatte die Torba ihre Karten gemischt und gesagt, es werde wohl ein bißchen dauern, wir sollten aber die Bürger meiden. „Geht nie in die Bürger“, hatte sie uns gewarnt. „Und wenn, dann geht schnell wieder raus.“ Am 18. September 1944 rissen Bomben die ganze Straße weg – und die Seitenstraßen dazu.

Gleich am Morgen aber nach dem Angriff stand Joseph Torba mit seinem Rucksack bei uns vor der Tür, legte ein paar Möhren auf den Küchentisch und bestellte Grüße von seiner Frau. Der Krieg, habe sie gesagt, sei nun für uns vorbei.

Dann ging er wieder, um auch woanders noch ein bißchen Gemüse abzuliefern. Das Gemüse war sein Alibi; denn natürlich standen er und seine Frau wegen der Wahrsagerei immerzu mit einem Bein im Konzentrationslager.

Einmal schickte mich meine Großmutter zur Torba, die in einem Hinterhaus bei der Alten Kirche in Lehe wohnte. Ich sollte irgendetwas ausrichten. Weil es aber ein Mittwoch war, an dem ich Dienst beim Jungvolk hatte, trug ich meine Uniform mit dem Braunhemd und dem Koppelschloß vorn, auf dem „Blut und Ehre" stand. Die Torba sah mich zunächst ein bißchen erschrocken an. Dann griff sie zögernd zu den Karten, mischte, guckte hinein und sagte, ich sollte man zu Hause ausrichten, es sei alles gut. „Und Junge", sagte sie, „erzähl' nie, was du bei mir gesehen hast".

Die Voraussagen der Torba sind immer eingetroffen, und weil sie von all dem, was sie aus ihren Karten herauslas, nur das Gute sagte, hatten wir auch in schlimmen Situationen stets etwas zum Festhalten.

„Die Torba hat gesagt ...", hieß es, und damit konnte man den Ereignissen ruhig entgegensehen.

Als sie einmal ein Unheil für uns in den Karten las, sagte sie, da sei etwas, was sie nicht erkennen könne. Danach aber, sie zögerte, werde – alles besser werden. Erst als das Unheil über uns hereingebrochen war, erkannten wir Torbas Prophezeihung und – klammerten uns an ihre Worte, daß nun alles besser werde.

Die Torba ist lange tot. Aber von Zeit zu Zeit denke ich an sie, immer dann, wenn mir wieder einmal danach ist, den Schleier, hinter dem die

Zukunft liegt, zu lüften. Ich habe es aber nie wieder versucht.

Denn: Kann man das überhaupt? Konnte die Torba das? Oder hatte sie nur zufällig immer recht. Ich weiß es nicht. Aber ich weiß, und das hat sie mich gelehrt, daß man aus positiven und hoffnungsvollen Worten eine ganze Menge Kraft schöpfen kann. Man muß nur Vertrauen haben. Zu sich selbst.

Einquartierung

Unsere Einquartierung waren wir ja, Gott sei Dank, wieder losgeworden. Ich weiß nicht mehr, wie die Dame hieß. Sie hatte in der Thulesiusstraße gewohnt. Ihr Haus war von einer Bombe zerstört worden. Sie hatte rote Haare, und mein Bruder flüsterte mir zu: „Rote Haare, Sommersprossen, sind des Teufels Volksgenossen!“

Meine Großmutter meinte, das sei bestimmt ’ne ganz Schlimme. Wir sollten da man nicht zu dicht rangehen. Und meine Mutter stichelte, was die wohl für ein „Parföng“ benutze, das möchte sie mal wissen. „Die stinkt ja“, sagte meine Mutter. Daraufhin hielten wir Jungens uns natürlich immer die Nasen zu, wenn wir an dem Zimmer vorbeigingen, in dem die Dame wohnte. Es war mal unser Kinderzimmer gewesen.

Eines Tages ging sie morgens weg und kam abends nicht wieder. Sie arbeitete in einer Munitionsfabrik, und meine Großmutter meinte ungerührt: „De is woll inne Luft flogen!“

Danach schienen sie uns beim Wohnungsamt vergessen zu haben. Wir Jungens konnten wieder unser Kinderzimmer beziehen. Es roch noch tagelang nach „Parföng“.

Aber dann eroberten die Schotten Bremerhaven. Ein paar Tage später kamen die Amis.

Sie sangen „Lili Marlen“ und richteten sich häuslich in Bremerhaven ein. Eines Abends standen Wehrmeyers aus der Kaiserstraße bei uns vor der Tür, und Frau Wehrmeyer sagte, sie hätten ihre Wohnung verlassen müssen, von einer Minute zur anderen. Da wohnten nun Amerikaner drin. Aber nur für eine Woche oder für zwei. Ob sie wohl mit den beiden Jungens solange bei uns unterkriechen könnte. Wir hätten ja noch das Kinderzimmer.

Dagegen war nichts zu sagen. Eine Woche oder vierzehn Tage – was sei das schon, meinte meine Mutter. Das sei man der langen Freundschaft wohl schuldig. Und was für ein Glück, daß der Krieg aus sei. Kein Fliegeralarm mehr. Und nun kämen auch die Männer bestimmt bald wieder nach Hause. Frau Wehrmeyer stellte als Einstand gleich eine Flasche Fischöl auf den Tisch. Die war von ihrem Schwager, der einen Fischkutter hatte.

Nach vierzehn Tagen hieß es, daß die Amis in sechs Wochen wieder abzögen. Nach sechs Jahren waren sie immer noch da.

Inzwischen war Herr Wehrmeyer nach Hause zurückgekehrt. Er ärgerte sich, daß seine Frau nicht wenigstens das gute Herrenzimmer vor den Amis gerettet hatte. Das werde nun total verschrammt. Meine Großmutter sagte, sie verstehe gar nicht, daß Wehrmeyers jeden Abend in ihrem Zimmer so laut singen. Gemeinsam gesungen wurde bei uns immer nur zu

Weihnachten. Süßer die Glocken nie klingen ...

Dann war da noch die Sache mit der Geige. Wolfgang Wehrmeyer war so alt wie ich und – im Gegensatz zu mir – ein begabter Geigenspieler. Er spielte stundenlang die Kleine Nachtmusik von Mozart – dieses aber auf dem Klo, wo nämlich ein in Porträthöhe angebrachter Spiegel hing, der es ihm ermöglichte, sich während des Spiels zu beobachten und eventuelle Haltungsfehler auf der Stelle zu korrigieren.

Das war soweit noch verständlich, wenngleich sich das Klo in zentraler Lage befand und infolgedessen alle Bewohner des Hauses in den Genuß der Kleinen Nachtmusik kamen, zumal die Wasserrohre eine gewisse Leitfunktion übernahmen.

Schlimm war es aber, wenn ein in der Hierarchie der Doppelfamilie unter ihm stehender Mitbewohner ganz dringend mußte. Einer von den kleineren Jungens. Dieses durfte dann nur in Gegenwart des Künstlers geschehen, der ja seine Probe wegen einer solchen Banalität nicht einfach unterbrechen konnte. „Mach zu!" sagte er, wobei das Tempo von den Pausen des Musikstückes bestimmt wurde; denn schon eine viertel Pause genügte dem Violinisten, blitzschnell – mit dem Fiedelbogen in der Hand – die Wasserspülung zu ziehen, um danach seelenruhig mit der Kleinen Nachtmusik fortzufahren, während der andere, im höchsten Maße erschrocken, seine empfindlichen Körperteile der schneidenden Kälte des rauschenden Wassers entzog.

Wehrmeyers haben sich nach acht Jahren eine neue Wohnung gesucht und sie – unter den damals üblichen Schwierigkeiten – auch gefunden. Die Freundschaft mit ihnen hat, das sei am Rande vermerkt, über diesen Termin hinaus Bestand gehabt.

Aber lustig sind solche Zeiten immer nur in der Erinnerung.

Flüchtlinge

Meine Großmutter sagte: „Na, Raguse, nu isses also passiert. Die Russen sind bei uns in Pommern. Das hatter also geschafft, der mit der Zahnbürste unter der Nase."

Raguse, Fisch, Wild, Geflügel in der Hafenstraße in Lehe, nickte beklommen. Er fand keine rechten Worte. All seine Fröhlichkeit, die ihm sonst zu eigen gewesen war, vor allem bei den Zusammenkünften des Pommernvereins, schien wie weggeblasen.

„Haste was Neues gehört, Anna?" fragte Raguse.

Anna ließ die Mundwinkel hängen. Sie sagte: „Na ja, Greifenberg is hin, wo wir die Ziegelei hatten. Und Ruschens sollen Hals über Kopp aus Stettin raus. Chottachott, wie es ihm wohl schwergefallen is, sich von seinen Bienen zu trennen. Die hat er ja nich mitjekricht."

Raguse rieb sich nachdenklich das Kinn. „Was man so hört", sagte er, „sollen die Russen wie die Vandalen wüten."

„Ich kenne die Russen", sagte meine Großmutter. Sie hatte ein paar Jahre in Rußland gelebt. „Ich kenne sie! Gutmütig, sehr gutmütig, und ihre Jefühle ham se nicht in der Jewalt. Immer gleich losheulen, so sind se. Aber wehe, wenn se losgelassen ..."

Die Schreckensnachrichten aus dem Osten erreichten uns häppchenweise. Wir nahmen sie hin, wie wir die Bombenangriffe hingenommen hatten. Wir waren von Trümmern umgeben. Zuerst hatten die Geestemünder was abgekriegt, dann die Leher. Schließlich war Bremerhaven nahezu zerstört worden. Fast jede Nacht gab es Fliegeralarm.

Meine Mutter sagte: „Bloß gut, daß wir 1940 nicht länger in Stettin geblieben, sondern nach Hause zurückgekehrt sind".

Wir waren damals wegen des ständigen Fliegeralarms in Bremerhaven nach Stettin gefahren und hatten dort das Ende des Frankreichfeldzuges erlebt – mit einer Siegesparade, die von Generalfeldmarschall Mackensen abgenommen wurde. Auf dem Königsplatz war eine Ausstellung mit Beutestücken.

Aber dann waren die Engländer mit ihren Flugzeugen auch über Stettin aufgetaucht. Die Sirenen heulten. Sie heulten noch schauriger als in Bremerhaven. Wir mußten in einen Keller, in dem der Fußboden unter unseren Schritten einbrach.

Jemand sagte, der Keller sei Teil des unterirdischen Ganges, der durch die Altstadt zum Schloß führe. Er leuchtete mit seiner Taschenlampe in ein schwarzes Loch hinein. „Wo das wohl hinführt", sagte er. Es war sehr unheimlich.

Da sind wir lieber wieder nach Bremerhaven zurückgekehrt. So waren wir der Flucht aus Stettin entgangen – wenn nicht Schlimmerem; denn meine Großmutter wußte, daß man Tante Grete, die in Stettin wohnte, zuletzt zwischen den Trümmern gesehen habe, mit einer Schubkarre, auf der ihre Cousine gelegen habe, die alte Rusch. Die alte Rusch sei tot gewesen.

Eine Flucht allerdings blieb mir dann doch nicht erspart. Anfang 1945.

Wir waren in einem KLV-Lager in Sohland an der Spree gewesen, dicht an der tschechischen Grenze. Unser Lagermannschaftsführer sagte uns: „Geht man nicht mehr in Uniform raus“. Fäuste waren schon drohend gegen uns gereckt worden, was wir gar nicht verstanden. Dann hieß es: „Die russischen Panzer kommen!“ Und wir los!

Tagelang mit der Eisenbahn unterwegs. Halten auf freier Strecke. Tieffliegerangriff. Alle Mann raus. „Lauft, so schnell ihr könnt!“

Wir lagen auf einer Wiese, und Dr. Kohlweyer, unser Geschichtslehrer, sagte: „Dahinten – das ist die Wartburg!“

Wir hatten Hunger; denn man hatte uns nur für zwei Tage Proviant mitgegeben. Vorübergehend – für etwa fünf Wochen – waren wir in Zwickau-Planitz in einer Schule untergebracht gewesen, die ziemlich verkommen wirkte. Mittags gab es Wassersuppe, in der geriebene rohe Kartoffeln schwammen.

Jeden Tag begann das Essen mit einem Tischspruch. „Es ißt der Mensch, es frißt das Pferd, doch heute sei es umgekehrt. Alle Mann, haut ...“, und wir brüllten „Ran!“ Am Ende des Essens mußten wir uns erheben, der Lagermannschaftsführer rief: „Es hat geschmeckt ...“, und wir schrien zurück: „Wir danken!“

Nach drei Wochen stand uns die Suppe mit den rohen Kartoffeln bis obenhin. Als es hieß: „Es hat geschmeckt ...“, brüllten wir zurück: „Wie Knüppel auf den Kopf!“ Drei Tage Ausgehverbot.

Im Kreis Dannenberg waren wir nur ein paar Tage, in dem Dorfe Luckau, wo auch ein kleiner Zirkus mit einem Affen gastierte. Als die Front immer näher rückte, erhielten wir Urlaub. „Laßt man alle Sachen hier!“ Studienrat Cornelius stellte uns einen Urlaubsschein aus: „Der z. Z. im KLV-Lager Luckau befindliche Junge Hermann Gutmann wird hiermit für die Zeit vom 24. März 1945 bis einschließlich 12. April 1945 nach Wesermünde beurlaubt. Luckau, Kreis Dannenberg, 23. März 1945. Der Lagerleiter.“

Ich nahm vier Perücken mit nach Hause, die ich in Bautzen aus einem Theaterfundus organisiert hatte. Alles andere ließ ich zurück. Ende 1946 habe ich für die vier Perücken ein Pfund Bohnenkaffee bekommen – von einem Artisten.

Wir gehörten zu den ersten Flüchtlingen, die in Bremerhaven eintrafen. Aber wir waren in die eigene Heimat geflüchtet. Die uns folgten, hatten ihre Heimat verloren – die meisten für immer.

Traumberuf

Mein alter Freund Günther Greve, der bis zu seinem Tode die Lessingschule in Bremerhaven leitete, kramte eines Tages in alten Karteikästen dieses Schulinstituts und fand dabei meine Karteikarte, von der er mir eine Kopie anfertigte, die er mir nach Hause schickte.

Ich hatte die Nummer 2652, und mir kam angesichts dieser Karte der Gedanke, wie das Leben doch so merkwürdig spielt mit einem Menschen, der zunächst ziemlich klare Vorstellungen hat über seinen Lebenslauf und dann – meistens ganz woanders landet.

Denn ursprünglich wollte ich „Plünnjude" werden. So nannten wir Anfang der dreißiger Jahre ohne bösen Hintergedanken jene Geschäftsleute, die mit alten Klamotten handelten. Meine Eltern besaßen eine Sofarolle, die ich abwechselnd als kleine Schwester, wozu sie sich wegen ihrer buschigen Troddeln besonders gut eignete, und als Sack mit alten Plünnen benutzte, den ich stundenlang von einer Ecke unserer Wohnung in die andere schleppte. Ein Leben in solcher Tätigkeit stellte ich mir wohl recht abwechslungsreich vor.

Mit zunehmendem Alter entwickelte ich mich aber von der Sofarolle fort und zu Onkel Willy hin. Onkel Willy gehörte zu Tante Betty. Er saß bei ihr immer in der Küche am Fenster, hatte überaus lustige Augen und lachte egalweg. Onkel Willi war Lokomotivführer. Infolgedessen beschloß ich, auch Lokomotivführer zu werden. Ich stellte mir darunter etwas sehr Lustiges vor.

Meine positive Einstellung zu diesem Beruf änderte sich, als ich Onkel Willy einmal auf der Strecke von Bremerhaven nach Hamburg aus seiner Lokomotive gucken sah. Der Zug hatte auf der Strecke einen längeren Aufenthalt, und wir stiegen aus, um Onkel Willy zu begrüßen. Er hatte ein ganz schwarzes Gesicht.

Einen Beruf, in dem man sich schmutzig machte, war für mich etwas ganz Schlimmes. Außerdem war ich gerade in die Schule gekommen und hatte Lehrer Müller kennengelernt. Den verehrte ich sehr, allein schon wegen seines Geigenspiels, so daß ich auf der Stelle beschloß, Lehrer zu werden.

Jahrelang gab es für mich überhaupt keine andere Berufswahl. Rolf Schiffler, der ebenfalls Lehrer werden wollte, und ich malten uns aus, wie das wäre, wenn wir am Lehrerpult säßen und alles wüßten, wie jetzt Lehrer Müller alles wußte. Rolf Schiffler ist dann tatsächlich auch Lehrer geworden. Ich bezweifle nicht, daß er tatsächlich alles weiß.

Mir allerdings wurde in späteren Jahren bewußt, daß einer, der alles wissen will, dieses zunächst einmal lernen muß, was ja im allgemeinen mit großen Unbequemlichkeiten verbunden ist. Ich wurde bescheidener in meinen Ansprüchen und dachte daran, mich als Lehrer zu spezialisieren, Deutschlehrer zu werden oder Geschichtslehrer, Englisch- oder Mathematiklehrer, je nachdem, in welchem Fach ich gerade die geringsten Schwierigkeiten hatte. Auf die Dauer wurde mir die Lernerei aber doch sehr lästig. Ich nahm Abschied von der Schule und von dem Wunsch, ein Lehrer zu werden.

Auf der Karteikarte Nr. 2652 steht lapidar vermerkt das Datum meines Abganges und der Hinweis: „Er tritt ins Leben."

Sehen Sie, und da steck ich nun immer noch drin. Manchmal bis zum Hals. Aber dann denk' ich an Onkel Willy, der sich in seinem Beruf das Gesicht schmutzig machte und trotzdem bei Tante Betty in der Küche sitzen und herzlich lachen konnte.

Und das ist es, worauf es ankommt, wenn man schon das Pech hat, ins Leben getreten zu sein: Daß man seine lustigen Augen behält.

Die kulinarischen vierziger Jahre

Fredie Klopp sein „Vadder“, der hatte einen Fischkutter. Wenn wir den in der Geestemündung in Bremerhaven sichteten, dann wußten wir, daß wir bald wieder ein bißchen Fett in die Pfanne bekamen. Denn der alte Klopp verkaufte uns Fischöl. Hundert Reichsmark die Flasche oder ein Päckchen Ami-Zigaretten.

Fischöl war für uns nach dem Krieg eine Art Überlebenssaft. Nicht, daß wir das Öl wie Saft getrunken hätten, obwohl es allerdings Leute gab, die auch das fertigbrachten. Das Fischöl wurde bei uns als Fett schlechthin genutzt.

Bratkartoffeln, zum Beispiel, wurden mit Fischöl zubereitet, wodurch sie mitunter ziemlich penetrant nach Tran schmeckten. Auch Saucen aller Art wurden durch einen Schuß Fischöl „verfeinert“, was sie nicht schmackhafter machte, aber jedenfalls gehaltvoller.

Einmal hatte jemand versehentlich Fischöl an die Brandenburger Nazinudeln gegeben. Das waren Nudeln aus Roggenmehl, was ihnen ein braunes Aussehen gab. Die wurden in Magermilch gekocht. Magermilch hatte die Eigenschaft, auch dann anzubrennen, wenn man dabeistand und immerzu rührte. So hieß das Gericht dann Brandenburger Nazinudeln.

Große Teile Bremerhavens rochen damals intensiv nach Fischöl. Manche Hausflure konnte man überhaupt nur mit zugehaltener Nase passieren. Da nützte es auch nichts, wenn man sämtliche Fenster aufriß.

Einmal war ich zum Geburtstag bei Gert Potyka eingeladen. Da stand mitten auf dem Tisch ein riesiger Teller mit Schmalzkuchen. Die hatten wir seit Jahrenden nicht mehr gesehen. So kam es, daß wir wie die Barbaren darüber herfielen und uns die Schmalzkuchen in den Mund stopften. Doch nach dem ersten Biß bekam ich verdammt lange Zähne. Denn die Schmalzkuchen, die ich süß in liebevoller Erinnerung hatte, schmeckten nach Fischöl, weil sie darin gebacken worden waren. Der alte Potyka, der vor dem Krieg als Kapitän auf einem schmucken Bananendampfer von der Union gefahren war, verdiente sich seinen und seiner Familie Lebensunterhalt mühsam als Fischdampfermatrose. Eine Handelsflotte gab es ja nicht.

Mehrmals in der Woche fuhr ich mit dem Fahrrad nach Schmarren. Das ist ein Fischerdorf gleich hinter Wremen. Da wohnte ein Fischer, der mit dem Hundeschlitten aufs Watt fuhr. Da mußte man nur die Tidezeiten im Kopf haben und im richtigen Augenblick bei dem Fischer am Kochkessel stehen, dann konnte man Granat kaufen.

Ich habe immer so dreißig bis vierzig Pfund Granat mit nach Hause genommen. Die wurden dann von sämtlichen Familienmitgliedern gemeinsam ausgepult. Granat waren ein Festessen. Das Kostbarste aber waren die Granatschalen. Die wurden in einem großen Waschkessel ausgekocht. Ich habe nie wieder in meinem Leben eine so köstliche Brühe getrunken.

Als wir im Winter 1946/47 bei Gertrud Ehlers Abtanzball hatten – im Bürgerhaus Lehe, wo auch das Theater war, gab es ein Kaltes Büfett, das mußte jeder selbst von zu Hause mitbringen.

Fast alle kamen mit Fischsalat angeschleppt. Aber ich sage Ihnen: So ein Fischsalat, dazu Heißgetränke, giftgrün, rot oder gelb und undefinierbar im Geschmack – wir kamen uns vor wie Lukull.

Glückloser Händler

Manchmal veranstalteten wir Dichterlesungen. Rolf Pieper konnte das am besten. Er mußte den Prometheus aufsagen, eine Hymne von Goethe:

Bedecke deinen Himmel, Zeus,
Mit Wolkendunst
Und übe, dem Knaben gleich,
Der Disteln köpft,
An Eichen dich und Bergeshöhn ...

Alle sagten sie: „So wie der das macht – der wird bestimmt mal ein großer Schauspieler."

Eines Tages, es war geraume Zeit nach dem Ende des Krieges, traf ich Rolf Pieper in der Hafenstraße, schräg gegenüber von der Pauluskirche. Er machte einen fröhlichen Eindruck, lachte und sagte, er sei nun unter die Händler gegangen. Er habe viel Freude an diesem Beruf. Schauspielerei, sagte er, sei nicht nahrhaft genug.

Rolf Pieper sagte: „Du kannst bei mir mit einsteigen. Wir machen dann zusammen unsere Geschäfte." Er versicherte mir, es sei ganz einfach. Er habe sich schon im Interzonenhandel versucht, nämlich, er fördere den Warenaustausch zwischen der amerikanischen Zone, in der wir lebten, und der russischen Zone, was überdies besonderen Spaß allein schon deshalb mache, weil es nicht ganz ungefährlich sei. „Erwischen lassen darfst du dich nicht“, sagte er und forderte mich auf: „Komm doch mal mit!“ Ich sagte: „Nee, laß man!“

Es war die erste von mir nicht genutzte Gelegenheit, mir eine einträgliche Existenz aufzubauen.

Doch jeder Mensch erhält zweimal in seinem Leben eine Chance. Ich auch.

Rolf Pieper hatte mich wohl abgeschrieben. Als wir einander irgendwann wiedertrafen, grüßte er nur noch von weitem – wenn auch sehr fröhlich. Er sah gut aus. Ich dachte: Du könntest jetzt auch gut aussehen. Statt dessen mußt du in dem gestreiften Anzug rumlaufen, in den dir der Schneidermeister Sölter aus der Poststraße einen Bauch hineingeschneidert hat, den du in absehbarer Zeit jedenfalls nicht bekommen wirst.

Doch dann machte mich jemand darauf aufmerksam, daß ich ein kompletter Idiot sei. „Du bist doch am Hafen“, sagte er zu mir, und ich sagte ja. Er sagte: „Mensch, Junge, was meinst du, warum ich so einen schicken Sportwagen fahre und mit den hübschesten Schaupielerinnen vom Stadttheater poussiere?“

Ja, warum wohl? Ich guckte etwas einfältig. Er sagte: „Schwarzmarkt, Junge. Sieh zu, daß du Ami-Zigaretten kriegst. Die schmuggelst du durch den Zoll, und ich sag dir, du bist ein gemachter Mann.“ Er sagte auch noch, wenn ich nicht allein klar käme, er wäre gern bereit, mir zu helfen.

Ich fand das riesig nett und die Idee mit dem Schmuggel gar nicht so schlecht, wenngleich mir bei dem Gedanken an die hübschen Schauspielerinnen vom Stadttheater ein bißchen mulmig wurde. An die hätte ich mich auch mit einem ganzen Sack voller Ami-Zigaretten nicht herangetraut.

Aber mir hätte es schon genügt, wenn ich den verdammten Anzug von Sölter losgeworden wäre.

Und denken Sie, eines Tages spielte mir der Zufall ein Päckchen Ami-Zigaretten in die Hände. Es war wirklich ein ganz blinder Zufall, sonst wäre mir das ja gar nicht passiert.

Donnerwetter, dachte ich, jetzt ist es soweit. Jetzt kannst du die dicken Geschäfte und dein sehnlichst erwartetes Glück machen. Ich brauchte die Zigaretten nur noch durch den Zoll zu schmuggeln.

Um nun aber ganz sicher zu gehen und die Zigaretten dem geschulten Auge der Zollbeamten zu entziehen, steckte ich die Schachtel hinten in meine Hosentasche.

Ich muß aber wohl beim Gang durch das Zolltor etwas dösig geguckt haben; denn der Zollbeamte erwartete mich schon. Er fragte: „Was dabei?“ Ich antwortete: „Nix dabei!“ Er sagte: „Moment mal!“ Mit diesen Worten griff er an meine hintere Hosentasche und fragte:

„Was ist das denn?“ Ich antwortete: „Das sind Ami-Zigaretten.“

Er nahm sie mir weg, und so endete meine Karriere als erfolgreicher Händler.

Wachsoldat in „Dantons Tod“

Es ist doch wohl klar, daß es auch in meinem Leben eine Zeit gegeben hat, da ich unbedingt ein Schauspieler werden wollte.

Talent hatte ich, darüber bestand kein Zweifel. Denn niemand in unserer Familie konnte wie ich so wundervolle Fratzen vor dem Spiegel schneiden, und Studienrat Brück, den wir in Deutsch und Geschichte hatten, teilte mir – dieses allerdings in weniger bewunderndem Tone – mit, daß ich für ernsthafte Arbeit nicht zu gebrauchen sei.

Das schien mir, in völliger Verkennung der Realität, die beste Voraussetzung für eine erfolgreiche Theater-Karriere zu sein. Gleich nach dem Kriege rannte ich, um mir das nötige Rüstzeug zuzulegen, zu jeder Premiere.

Sie müssen dazu wissen, daß das Bremerhavener Stadttheater während des Bombenangriffs im September 1944 völlig ausgebrannt war. Der Theaterbetrieb wurde daraufhin in das Bürgerhaus Lehe verlegt.

Wir saßen dort auf ziemlich roh gezimmerten Bänken und mußten pro Vorstellung ein Brikett mitbringen. Damit wurden die beiden Bolleröfen geheizt. Sie standen rechts und links von der Bühne, was zur Folge hatte, daß die Darsteller immerzu bestrebt waren, das Spiel von der Mitte der Bühne weg und an die Seiten zu verlagern. Das Publikum hüllte sich von der sechsten Reihe an in wärmende Decken.

Wir waren damals alle theaterverrückt. Die Theaterkarten gingen weg wie warme Semmeln. Der Vorverkauf begann sonntagsmorgens im Leher Rathaus, und schon mitten in der Nacht bildete sich eine Schlange. Wir stellten uns so gegen drei, halb vier an.

Eines Tages nun ging mein Traum von einer Theaterkarriere in Erfüllung. Das Stadttheater suchte Statisten für die Aufführung von „Dantons Tod“ von Georg Büchner. Ich meldete mich und wurde mit der ehrenvollen Aufgabe betraut, einen Wachsoldaten darzustellen, der Danton zu bewachen hatte.

Es war – zu meiner großen Enttäuschung – eine Rolle ohne Text. Ich hätte gern gesagt: „Herr Graf, es ist serviert!“ Oder: „Die Kutsche ist vorgefahren.” Aber jeder fängt klein an. Ich sollte nur aufpassen, daß Danton nicht weglief, was er aber sowieso nicht getan hätte, weil es sich um Karl Georg Saebisch handelte, der ein beliebter Charakterdarsteller und im übrigen der Intendant des Theaters war. Warum sollte der weglaufen?

Doch jedesmal, wenn Karl Georg Saebisch sagte: „Die Revolution nennt meinen Namen. Meine Wohnung ist bald im Nichts!“, dann wußte ich schon, was auf mich zukam. Nämlich mit jeder Revolution und mit jedem Nichts kam auch gleich eine Portion Spucke aus dem

Munde des Charakterdarstellers. Und die traf dann mich.

Ich sah die Spucke kommen. Ich kannte die Rolle des Danton ja fast auswendig. Aber ich durfte nicht ausweichen, weil ich auf ausdrückliche Anweisung des Regisseurs, der Helmut Gaick hieß, stumm und bewegungslos auf meinem Platz ausharren mußte, während Hermann Freudenberger, der später Feuilletonredakteur der Nordsee-Zeitung war und heute in Stuttgart lebt, als Teil des Volkes immerzu schreien und hin und her wogen durfte.

Zehn Abende habe ich das mitgemacht. Dann war ich es leid, immerzu bespuckt zu werden. Die letzten drei Vorstellungen bin ich gar nicht mehr hingegangen. Ich weiß nicht, was sie ohne mich gemacht haben. In der Zeitung jedenfalls wurde mit keinem Wort erwähnt, daß plötzlich der Wachsoldat ausgefallen sei.

Doch ich beschloß, den Beruf des Schauspielers an den Nagel zu hängen. Mochte die Welt des Theaters zusehen, wie sie ohne mich zu Rande kam.

Sie erkennen aber daran, daß es oft ganz alberne Anlässe sind, die der Entfaltung eines Genies im Wege stehen.

1946

Es gab zwei Pfund Weizenmehl pro Person, und die Einzelhändler, die noch genug davon auf Lager hatten, wurden aufgefordert, in „ihrem Schaufenster an deutlich sichtbarer Stelle ein Plakat zum Aushang zu bringen, welches auf das Vorhandensein von Weizenmehl hinweist“.

Es gab pro Tag eine Sonderzuteilung von 30 Gramm schwarzem Tee und 25 Gramm Ei-Sparpulver, die dem „Gebrauchswert von zwei Hühnern entsprachen“.

Es gab 50 Gramm Brot auf die Kartenkennzahlen 11 bis 15, 21 bis 25, 31 bis 35, 46, 60, 65, 66, 67, 70, Kleinabschnitt III.

Jeder Haushalt bis zu drei Personen konnte ein Päckchen Vanillezucker, jeder Haushalt mit vier und mehr Personen zwei Päckchen Vanillezucker beziehen.

Es war so kalt, daß das Theater seine Vorstellung ausfallen lassen mußte, obwohl es dem Publikum sicherlich nicht viel ausgemacht hätte, im Theater zu frieren. Denn nun mußte jeder für sich allein zu Hause frieren. Das Leben konnte man nicht – wie eine Theatervorstellung – ausfallen lassen, um es irgendwann nachzuholen.

Ein kleiner Junge zog einen Schlitten hinter sich her. Er hatte Kohlen geladen. Am Güterbahnhof geklaut. Eine Frau hatte eine Flasche Fischöl ergattert – im Tausch gegen Ami-Zigaretten.

Eine andere Frau, in ihrem kleinen Einfamilienhaus in Geestemünde, rollte den Perserteppich in ihrer Stube auf. Es ging auch ohne Perserteppich. Aber es ging nicht mehr ohne Eier und Fleisch. „Wie kriege ich den Teppich bloß zu unserem Bauern aufs Dorf?“ dachte sie.

Bei uns zu Hause fragte einer: „Haben wir nicht noch irgendetwas zum ‚Schinschen‘, damit wir uns wenigstens mal eine Tasse Kaffee leisten können?“

Wildcats-Club

Meine erste Begegnung mit dem Wildcats-Club verdankte ich Struckmeyer. Er schleppte mich mit in das Clubhaus, das damals noch im Waldschlößchen Speckenbüttel war, und spielte mir auf dem Klavier den Chinesischen Trauermarsch vor. Die Melodie zeichnete sich durch große Eintönigkeit aus – grad so, wie sich Struckmeyer vorstellte, daß die Chinesen trauerten. Denn er hatte diesen Trauermarsch persönlich komponiert. Daraus ergab sich, daß die Chinesen jedenfalls ihren Trauermarsch gar nicht kannten, zumal Struckmeyer, blond und mit Sommersprossen auf der Nase, auch kein Chinese war.

Später hatte der Wildcats-Club sein Domizil im Parkhaus in Speckenbüttel. Der Amerikaner Bob war für uns zuständig. Er sagte, nun sollten wir mal lernen, wie es sei, wenn man sich selber regiere, demokratisch, do you understand? Nicht so wie bei Hitler.

Infolgedessen wurde ein Council gebildet. Jimmy Fritzsche, der später Karriere am Fischereihafen machte, wurde einstimmig zum Präsidenten gewählt. Dann setzten wir uns mit bedeutenden Mienen zusammen und faßten tiefgreifende Entschlüsse – zum Beispiel den, daß bei Beratungen nicht alle durcheinander reden sollten, weil man dann sein eigenes Wort nicht verstehen konnte. Bob sagte, das sei okay, und er für sein Teil sei – trotz Hitler – sehr für die deutsch-amerikanische Freundschaft. Es stellte sich heraus, daß er sich in eines unserer Mädchen verguckt hatte.

Der von den Amerikanern zur Umerziehung der Bremerhavener Jugend gegründete Wildcats-Club erwies sich in der Folgezeit als eine segensreiche Institution. Wir verbrachten dort unsere Freizeit. Wir nahmen uns sogar vor, im Club unsere Schulaufgaben zu machen, so daß wir allen Grund hatten, besorgte Fragen aus dem Elternhaus mit entsprechenden Hinweisen zu beantworten. Wo sollten wir denn zu Hause Schularbeiten machen – bei den vielen Menschen, die da zusammengepfercht waren. Im Club hatten wir Platz. Außerdem standen wir unter dem Schutz der Amerikaner, die uns das demokratische Leben beibringen wollten.

Es war ein sehr freizügiges Leben, wie Sie sich denken können. Wunderbarerweise fiel die Freiheit, die wir dort fanden, für die meisten von uns mit der sensationellen Erkenntnis zusammen, daß Mädchen durchaus angenehme Wesen sind. Infolgedessen tanzten wir im Wildcats-Club wie die Verrückten, vorzugsweise Jitterbug, den wir von Armin Marwede lernten, der gute Kontakte zu den Amis hatte.

Natürlich spielte bei uns eine Originalkapelle mit Karl-Heinz Baecker am Klavier, der noch Anfang 1945 das Kriegsverdienstkreuz Zweiter

Klasse bekommen hatte, weil er versucht hatte, am 18. September 1944, in der Bombennacht, die Bürgermeister-Smidt-Schule zu löschen. Er hatte zufällig Luftschutzdienst.

Rolf Clasen saß am Schlagzeug, der beste Schlagzeugspieler, den ich je gehört habe, Breckwoldt spielte das Saxophon und konnte steppen, und Jimmy Fritzsche fuhr dazwischen mit seiner Klarinette. Währenddessen setzte ich durch, daß die Theatergruppe „Minna von Barnhelm" auf den Spielplan setzte. Ich dachte daran, den Tellheim zu spielen. Aber Fred Ludwig vom Stadttheater, den wir als Regisseur gewonnen hatten, überzeugte mich, daß ich viel besser als Graf Bruchsal geeignet war, was ich dann auch als angenehm empfand, weil der Graf Bruchsal nur einen kurzen Auftritt hat.

Leider nahm die Sache mit dem Wildcats-Club ein etwas rasches Ende. Einer aus unserer Mitte, der Dings – ich laß den Namen einfach mal weg, also, der, nicht, der war mit einem Mädchen in einer etwas heiklen Situation auf der Kellertreppe des Parkhauses erwischt worden. Das wiederum war unserem Schulleiter Püt Frincke zu Ohren gekommen. Püt Frincke mochte gar nicht aussprechen, wobei man den Dings ertappt hatte. Püt Frincke sprach immer nur in drei Pünktchen. Aber sonst war er recht deutlich. Er teilte uns mit, daß er darum bitten müsse, die demokratischen Selbstversuche –

trotz unserer amerikanischen Schutzmacht – einzustellen.

Ehrlich gesagt, inzwischen fanden wir es im Wildcats-Club auch gar nicht mehr so aufregend – immer in der Gruppe und so. Es war sehr viel aufregender, mit einem Mädchen ganz allein am Weserdeich spazieren zu gehen.

So hatten wir denn unsere Lektion bei den Amerikanern gelernt. Ob es Demokratie war oder was sonst – Gott, wir hatten jedenfalls unseren Spaß gehabt.

Auf der Lloydwerft

Das war im Jahre 1948. Ich war Lehrling auf der Lloydwerft, die damals noch Technischer Betrieb des Norddeutschen Lloyd hieß.

Ich hatte schon ein halbes Jahr im Lohnbüro neben Heini Apelt gesessen, der mir Witze erzählte, die meine gute und etwas prüde Erziehung erheblich ins Wanken brachte. Mir gegenüber saß Hermann Dauber, der mir berichtete, er habe mal vor vielen, vielen Jahren zusammen mit Schuchmann Hein Andresen verhauen. Schuchmann hatte eine Bugsier- und Bergungsreederei. Hein Andresen war einer der Chefs der Lloydwerft gewesen und entlassen worden, weil er 1940 noch in die Partei eingetreten war. Später ist Hein Andresen dann wieder beim Lloyd eingestiegen. Aber noch war es nicht so weit, und ich wurde zur weiteren Ausbildung ins Abrechnungsbüro versetzt.

Dort empfing mich Onkel Theo mit Goethes Worten: „Über allen Gipfeln ist Ruh, / In allen Wipfeln spürest du / kaum einen Hauch. / Warte nur, balde ruhest du auch."

Onkel Theo sagte, Goethe habe zu allen Problemen des Lebens etwas zu sagen gewußt. Man müsse ihn nur richtig auslegen.

Ich legte Goethe auf meine Weise aus. Warte nur, balde ruhest du auch – das konnte sich nur auf meine Tätigkeit in der Abrechnungsabteilung beziehen.

Goethe sollte recht behalten. Ich hatte so wenig zu tun, daß ich einmal beinahe mit dem Kopf auf die Tischplatte gefallen wäre.

Meine Lehrmeister waren außer Onkel Theo die Herren Albert Lange und Willy Bultmann. Während Onkel Theo, der immer Äpfel aus seinem Garten mitbrachte, Goethe zitierte, beschäftigte sich Herr Lange mit dem Tabellenstand von Bremerhaven 93. Er erörterte in stundenlangen Diskussionen die Möglichkeit, einen Totoschein so auszufüllen, daß man hinterher nicht mehr zu arbeiten brauche. Herr Bultmann aber beklagte unentwegt sein Schicksal, das ihm eine Gattin und zwei Töchter beschert hatte, die aber wohl alle drei nicht so recht nach Herrn Bultmanns Geschmack waren. Er gab mir den dringenden Rat, niemals zu heiraten, hatte es selbst aber jeden Abend ziemlich eilig, nach Hause zu kommen. Er kann so unglücklich also nicht gewesen sein.

Und nun müssen Sie sich vorstellen, wie das war, wenn die drei Herren, allesamt übrigens außerordentlich nett im persönlichen Umgang, aufeinander einredeten – nicht zuletzt im Hinblick darauf, daß sie eine Erziehungsfunktion mir gegenüber zu erfüllen hatten. Der eine sprach Goetheverse, der andere warnte vor dem heiligen Ehestand, der dritte beklagte die Unzuverlässigkeit des Glücks; denn wenn

St. Pauli und Holstein Kiel, Bremerhaven 93 und Werder Bremen so gespielt hätten, wie er, der Fußballkenner Albert Lange, es vorausgesagt, könnte er jetzt ein reicher Mann sein.

Die auf diese Weise recht bunte und meine kaufmännsiche Ausbildung nicht einmal annähernd streifende Diskussion endete erst, wenn Herr Puchert, der Prokurist, durchs Büro ging, das damals schon ein Großraumbüro war. Dann schwiegen alle wie auf Kommando still und beugten sich über ihre Arbeit. Ich auch.

Ich habe in jener Zeit die hohe Kunst gelernt, beschäftigt zu wirken und nichts zu tun.

Es ging also, wie Sie sehen, damals auf der Lloydwerft sehr menschlich zu. Auf wundersame Weise aber ist jede Schiffsreparatur pünktlich und ohne nachträgliche Beschwerden fertig geworden.

Die alte „Delphin“

Die alte „Delphin“, ein Raddampfer aus dem Jahre 1905 und als Spezialist im Seebäderdienst unterwegs, war nach dem Zweiten Weltkrieg zusammen mit der Bremerhavener Hafenfähre „Hector“ der schäbige Rest der einst weltberühmten Passagierflotte des Norddeutschen Lloyd.

Beim Lloyd nahmen sie diesen deprimierenden Niedergang als unabänderlich hin. Was hätten sie auch sonst tun sollen? Die Lloydbeamten, die vor dem Krieg auf der „Bremen“ und auf der „Europa“ sozusagen zu Hause gewesen waren, stiegen jetzt mit der ganzen Würde ihres Berufsstandes auf die „Hector“ und Michnikowski sagte: „Wenn du die Augen zumachst, und wenn dann im Kaiserhafen ein bißchen Seegang ist, dann kannst du denken, du seist auf See.“

Was aber die „Delphin“ betraf, die hat durch einen spektakulären Seeunfall von sich reden gemacht.

Ich meine, das müßte 1948 oder 1949 gewesen sein. Da machte die Theodor-Storm-Schule einen Schiffsausflug nach Wangerooge. Die Theodor-Storm-Schule war damals eine reine Mädchenschule, wie es sich gehörte.

Doch nun stellen Sie sich vor: Eine ganze Mädchenschule unterwegs nach Wangerooge. Ein schöner Tag. Die haben’s gut.

Nachmittags aber sickerte es in Bremerhaven durch, daß der alte Kapitän Teerkorn die „Delphin“ in der Blauen Balge auf Schiet gesetzt hatte. Es sei Wasser im Schiff, hieß es. Was nun?

Es gab in der Stadt eine helle Aufregung. Denn überlegen Sie mal: Eine ganze Mädchenschule in Seenot. Das war noch nie dagewesen. Und das hätte einem Spezialisten, wie es die „Delphin“ war, eigentlich nicht passieren dürfen. Aber – in dem Alter, und dann eine Mädchenschule an Bord. Das war denn wohl doch ein bißchen zuviel.

Beim Lloyd sagten sie aber gleich: Kapitän Teerkorn, der macht das schon. Und so ist es auch gekommen. Die „Delphin“ ist wohlbehalten nach Bremerhaven zurückgekehrt.

Aber gerade dieser Tage fiel mir die Geschichte wieder ein. Ich habe mit meiner Frau darüber gesprochen, die damals auch an Bord war.

„Was ist da eigentlich passiert?“ fragte ich. Sie sagte: „Was soll denn passiert sein? Es war spannend. Mehr auch nicht. Und nun laß die dumme Fragerei.“

Sie müssen dazu wissen, daß meine Frau ungern von früher erzählt. Sie sagt, von früher zu erzählen, das sei eine Alterserscheinung, und einer von der Sorte in der Familie sei genug.

Ich ließ aber nicht locker und fragte, ob denn auf der „Delphin“ keine Panik ausgebrochen sei.

„Panik?“ fragte sie. „Warum das denn?“ Aber dann fiel ihr ein: Doch, eine Panik sei ganz am Schluß noch ausgebrochen. Nämlich bei ihr.

Und ich, in Erwartung einer spannenden Geschichte, spitzte die Ohren. Sie sagte: „Stell dir vor, als wir abends in Bremerhaven eintrafen, stand mein Opa auf dem Weserdeich und drohte mit dem Handstock, weil ich zu spät nach Hause kam.“

Im ***Luisental-Verlag***
sind außerdem von Hermann Gutmann
erschienen:

Bremer Geschichte(n)
oder: Vergessen Sie bitte nie, in die
Weser zu spucken, ehe Sie Bremen verlassen

Bremer Bräuche

Roland mit de spitzen Knee

Hat's geschmeckt?
Kleine Geschichten von
Wirten und Gästen

Mit vollem Munde spricht man nicht
Von Gastgebern, Gästen
und anderen Leuten

Opa-Pflichten
Geschichten für
Eltern und Großeltern

Felix und die alltäglichen Dinge

Hermann Gutmann stammt aus Bremerhaven und lebt seit 1957 in Bremen, wo er zunächst lange Jahre als Redakteur beim Weser-Kurier tätig war. Später ging er zu essen & trinken, und seit einigen Jahren lebt er als freier Journalist und Schriftsteller in Bremen. Seine besondere Liebe gilt der Glosse. Er arbeitet unter anderem für Radio Bremen und für den Kurier am Sonntag. Die Schwerpunkte seiner Arbeit liegen im Politischen, in den kleinen alltäglichen Ereignissen, auf dem Gebiet des Tourismus und des Essens und Trinkens. Am liebsten ißt er Kohl und Pinkel.

Henry Dieckmann stammt aus Verden an der Aller. Er lebt seit 1955 in Bremen und malt, solange er denken kann. Mitte der sechziger Jahre kam er zur Ölmalerei und entwickelte jenen Stil, der zu seinem Markenzeichen werden sollte. Im Jahre 1968 wurde er auf dem 1. Bremer Flohmarkt von Hans Tallasch von der Böttcherstraßen GmbH entdeckt. Bald darauf kam Dieckmanns erste Ausstellung zustande – in den Räumen der Böttcherstraße. Das war der Durchbruch. Dieckmann, einer der führenden Vertreter der Naiven in Deutschland, stellte in Düsseldorf, Kopenhagen und in Caracas aus. Bilder von ihm hängen in Laval im Museum der naiven Malerei und bei den Vereinten Nationen. Dieckmanns Liebe gehört Paris.